El Club del Crimen

El Club del Crimen

Miguel Ángel Gómez

ediciones
noufront

Ediciones Noufront
Santa Joaquina de Vedruna, 7 - baixos B
43800 VALLS
Tel. 977 606 584
Tarragona (España)
info@edicionesnoufront.com
www.edicionesnoufront.com

Diseño de cubierta e interior: produccioneditorial.com
Fotografías de cubierta: istockphoto.com

El Club del Crimen
© 2011 Miguel Ángel Gómez
© 2011 Ediciones Noufront

Depósito Legal: SE-2571-2011
ISBN: 978-84-92726-51-6
Impreso en: Publidisa

Para Marta, mi corona
y Noemí y Rebeca, mis dos joyas

Agradecimientos

Escribir un libro supone sumergirse en una aventura que resulta imposible culminar en solitario.

En primer lugar, quiero dar las gracias a Juan Triviño y al equipo de Noufront por darme la oportunidad de publicar la novela y compartir la ilusión por este proyecto.

El club del crimen es fruto del cariño y el apoyo de todos los lectores que me habéis acompañado en anteriores aventuras. Cada comentario, crítica y palabra de ánimo es un pequeño empujón para seguir escribiendo.

No quiero extenderme más, ahora te dejo con una novela en la que nuevamente he dejado parte de mi corazón, espero que disfrutes leyéndola tanto como yo lo he hecho escribiéndola.

"Mi fuerza, Hastings, reside en mi cerebro, no en mis pies. Todo el rato, aunque usted crea que no hago nada, estoy reflexionando"

Hercule Poirot
("El misterio de la guía de ferrocarriles").

Índice

Prólogo

París, septiembre de 2004

El agente de la brigada de policía de París se había extraviado del resto de sus compañeros. El equipo se encontraba realizando un ejercicio de entrenamiento, simulando un atentado terrorista en los túneles que pasaban por debajo de la Torre Eiffel. La amenaza del terrorismo islámico era una realidad inquietante en toda Europa y la policía parisina realizaba estos ejercicios de forma regular para estar preparados en el caso de producirse un ataque contra alguno de los edificios más emblemáticos de la ciudad. Recientemente, los servicios de inteligencia norteamericanos habían interceptado una conversación entre dos supuestos miembros de *Al-Qaeda*, en la que hablaban sobre la preparación de un atentado contra la Torre Eiffel. Los americanos habían trasladado la información al gobierno francés y el ministro del interior organizó un proyecto urgente de defensa en el que estaban involucrados tanto las fuerzas de seguridad del estado como los militares. La amenaza era creíble y los subterráneos de la capital francesa se convertían en un punto débil para la seguridad de la ciudad.

Eric había salido recientemente de la academia de alumnos, era nuevo en su unidad y participaba por primera vez en un ejercicio de simulación. Cuando se enteró de la amenaza islamista, sintió pánico, aunque intentó no mostrar sus emociones delante de sus compañeros. Al igual que ocurría con todos los novatos, a Eric le estaba costando ganarse el respeto de sus compañeros y temía que, si se enteraban que se había perdido, los más veteranos se burlarían durante varios meses. No sólo eso, había un motivo más para la inquietud. La red de túneles y galerías que recorrían el subsuelo de la ciudad se convertían en un laberinto de oscuridad que lograba acongojar al más osado, categoría a la que Eric no pertenecía, como él muy bien sabía.

Con preocupación y, por qué negarlo, algo temeroso, continuó por el pasillo que se insinuaba más allá del halo de luz que proyectaba su linterna. Al mismo tiempo que avanzaba, estaba atento a cualquier ruido que pudiera darle alguna pista sobre el paradero del resto de la unidad, ya que no podía comunicarse con ellos por falta de cobertura. Era algo extraño, porque sus equipos de telecomunicación estaban suficientemente preparados para funcionar en los subterráneos. Era como si algo estuviese interfiriendo la señal. «Otro motivo más para preocuparse», pensó cada vez más asustado.

Después de algo más de doscientos metros se encontró con varias vallas que se extendían a lo ancho del pasillo, obstaculizando el paso. En la valla central había un cartel cuyo contenido Eric no pudo distinguir en un principio. Enfocó la linterna directamente sobre él y leyó lo que indicaba: «Prohibido el paso».

Eric se sorprendió al leer la frase del cártel. El día anterior les habían repartido los mapas con los planos de los túneles y se pasó toda la noche repasándolos e intentando memorizarlos. Era una persona meticulosa y no quería dejar nada al azar. Ahora se alegraba de haberlo hecho, porque podría desenvolverse con mayor facilidad por el interior de los pasadizos. Intentó hacer memoria, pero no recordaba ninguna indicación sobre algún lugar que estuviese cortado por obras u otro motivo. Aún así, sacó los planos y los extendió sobre el suelo para estudiarlos con detenimiento. Se había desorientado y no sabía el lugar exacto donde se encontraba, pero tenía algo claro que se había confirmado al mirar de nuevo los planos: en ningún sitio de la zona aparecía señalado que el paso estuviese cortado.

Intrigado, se detuvo delante de las vallas dudando sobre lo que debía hacer. Estuvo tentado de dejarlo y volver después con el resto de compañeros, pero desistió al darse cuenta de que podía estar ante una oportunidad única de demostrar su valía y ganarse así el respeto de toda la brigada. Necesitó unos minutos para autoconvencerse de que era lo mejor, vencer su miedo, coger aire y apartar la valla con gesto decidido.

El policía siguió avanzando sin saber muy bien qué iba a encontrarse. El pasillo se extendía a lo largo de medio kilómetro hasta que el suelo comenzó a inclinarse en una pendiente que terminó desembocando en una amplia galería alumbrada con luz eléctrica; una especie de cueva natural manipulada por la mano del hombre. Eric no salía de su asombro. Miró a su alrededor y, a continuación, volvió a consultar los planos. No cuadraba nada, ese sitio no aparecía reflejado en ninguna parte. Apagó la linterna y observó sobrecogido el escenario que se desplegaba ante sus ojos. Habían excavado en la roca, convirtiendo la cueva en una sala con las paredes cubiertas de símbolos, como cruces gamadas y otros signos que no podía reconocer. En el centro de una de las paredes se extendía una lona con el dibujo de una gran calavera negra, reposando sobre dos huesos con una forma extraña. Eric se acercó para observarlo con más detenimiento y pudo apreciar cómo los huesos tenían formas de letra, una *B* y una *S*, formando un emblema que resultaba estremecedor y que Eric no consiguió identificar. El lugar resultaba sobrecogedor y, completando el tenebroso escenario, en el centro de la sala se encontraba una gran mesa rectangular con doce sillas de respaldo alto. Tres grandes candelabros se extendían sobre la mesa, con las velas encendidas, algo que el agente no entendía, ya que el sitio tenía luz eléctrica.

Se quedó sin habla durante unos minutos, mirando sobrecogido las paredes de la cueva. Pensó en la amenaza de *Al-Qaeda*, pero aquellos símbolos no parecían tener nada que ver con el terrorismo islámico. Empezaba a sospechar que podría tratarse del lugar de reunión de alguna especie de secta o sociedad secreta. Él no era experto en el tema, pero le gustaba leer libros sobre conspiraciones y organizaciones que controlaban el mundo desde la sombra. Sus amigos le decían que tenía demasiada imaginación, pero este descubrimiento podría confirmar su existencia. En ese momento se arrepintió de haber entrado solo, ya que temía que su vida pudiera correr peligro.

Un ruido a su izquierda le hizo girarse para descubrir que en uno de los laterales de la sala había una especie de salida. Se acercó a comprobarlo y, cuando llegó a su altura, sacó la linterna para ver lo que había al otro lado. Mientras la sacaba, un fuerte hedor le obligó a taparse la boca y la nariz con la mano que tenía libre. Estuvo a punto de vomitar, pero pudo aguantar el primer impulso de su estómago. El fuerte olor le hizo presagiar que iba a encontrarse con algo desagradable, pero ni en sus peores pesadillas podía imaginarse el espectáculo que se desplegó ante sus ojos cuando encendió la linterna. En una pequeña cueva, de unos diez metros cuadrados, se apilaban una gran cantidad de cuerpos cubiertos de sangre. Eric se quedó paralizado, aterrorizado ante el espectáculo que tenía delante de sus ojos. Luchando por controlar el temblor de sus manos, enfocó hacia la pila de cadáveres, sin poder todavía asimilar lo que estaba contemplando. Todo tipo de preguntas se agolpaban en su mente, intentando encontrar alguna explicación lógica.

Sin poder aguantarse más, Eric apartó su mirada del macabro hallazgo, se agachó y comenzó a vomitar. Todavía no había acabado, cuando escuchó un fuerte ruido a su espalda que le sobresaltó. Se incorporó con dificultad, dándose la vuelta mientras intentaba sacar su pistola, pero no le dio tiempo. Alguien se le adelantó, efectuando un disparo certero que impactó en el centro de su frente, acabando con su vida de forma instantánea. El sonido del disparo retumbó en toda la sala y se propagó por la galería de túneles mientras el cuerpo inerte de Eric caía al suelo.

Unos minutos después, los compañeros de Eric llegaron a la sala alertados por el ruido del disparo. Cuando el jefe del equipo entró en la sala, se quedó petrificado al observar lo tenebroso del lugar. Los otros dos policías que le acompañaban se desplegaron con rapidez, cubriéndose mutuamente. Uno de ellos sobresaltó a su compañero dando un grito espeluznante, al encontrarse con el montón de cadáveres que había descubierto Eric.

Pero el jefe no acudió a su llamada, se había acercado a la mesa sobre la que se encontraba el cadáver de Eric. Sintió un escalofrío que recorrió todo su cuerpo al observar el cuerpo ensangrentado del policía y leer una frase escrita con lo que parecía sangre, justo al lado: «No intentéis encontrarnos».

Madrid, en la actualidad

Las reuniones del club se mantenían en el más estricto secreto. La discreción era la seña de identidad de sus miembros. Gracias a ella habían conseguido mantenerse en secreto durante decenas de años. Cinco hombres esperaban sentados alrededor de una gran mesa rectangular. La presidencia de la mesa se encontraba en la oscuridad, ocupando su asiento el presidente del club, que permanecía en la penumbra. La habitación en la que se encontraban estaba rodeada por estanterías repletas de libros, formando una biblioteca con títulos de auténtico lujo.

Los miembros habían sido convocados con urgencia y no tenían ninguna duda de que la razón no era otra que las sillas que en ese momento se encontraban vacías. Después de unos minutos de tensa espera entró el secretario del club, que portaba varias carpetas en la mano. Ocupó su asiento y comenzó a hablar, tras pedir permiso al presidente. Hizo una breve introducción sobre algunos asuntos prácticos y dio paso a su jefe para que tomase la palabra.

—Sé que todos estamos muy afectados por lo que ha ocurrido, pero debemos seguir adelante.

—¿Se va a cubrir ya el sillón vacante?

El presidente del club miró a la persona que había hecho la pregunta y quedó pensativo.

—¿Sólo uno? —preguntó otro.

Tampoco obtuvo respuesta. La impaciencia crecía entre los miembros del club, nunca habían visto a su jefe tan dubitativo. Finalmente, para alivio de todos, habló.

—De momento vamos a abrir el proceso para sustituir el sillón vacante, pero puede ser que hayan más cambios, aunque todavía no está decidido.

Esta última revelación les sorprendió, aunque no hicieron ningún comentario.

—Le he pedido a Hastings que haga una breve reseña de los tres candidatos –hizo un gesto al secretario. Éste se levantó y comenzó a repartir las carpetas—. Debo confesaros algo, por primera vez desde que dirijo este club no me convence ninguna de las propuestas. Aun así, debemos decidirnos. Quiero que estudiéis bien cada expediente y dentro de tres meses volveremos a juntarnos para la votación.

Nadie se atrevió a añadir nada más ante la contundencia del tono con el que el presidente se había pronunciado.

—¿Se sabe algo más sobre lo ocurrido? —preguntó el hombre situado justo a la derecha del presidente.

—Todo apunta a que fue un accidente. No hay ningún indicio de lo contrario…

—¿No podríamos…?

La pregunta se vio interrumpida al caérsele las carpetas al secretario. Éste pidió perdón y se agachó para recogerlas del suelo. Al incorporarse, el presidente le hizo un gesto para que contestara él.

—He conseguido todos los informes policiales y médicos, pero no he encontrado nada —comentó el secretario.

—Por lo tanto —le interrumpió el presidente—, es necesario mirar al futuro y seguir adelante, teniendo en mente que ninguno de nosotros somos imprescindibles, no lo olvidéis.

Todos permanecieron en silencio.

—Volveremos a vernos dentro de tres meses. Y, por si acaso, id con cautela, ya sabéis que no podemos confiarnos en ningún momento. Debemos permanecer alerta continuamente, ésta es la vida que todos hemos elegido y no podemos dar marcha atrás.

Un hombro en el que llorar

Daniel regresaba del instituto junto con su amigo Jonatán. Conversaban sobre el examen de lengua que habían realizado, intentando averiguar los aciertos y errores que habían cometido, antes de consultar el libro de texto para corregirlo. Daniel estaba confiado en que le había salido bien, pero Jonatán no estaba tan seguro, el examen había sido muy complicado, algo ya habitual con el nuevo profesor, que era demasiado exigente.

—No entiendo por qué es tan importante cómo se escribe una palabra. ¿Qué más da si pones una tilde o no? ¡Todos entendemos el significado! —comentó Jonatán con gesto ofendido.

Daniel le miró con una sonrisa. Era la actitud de su amigo siempre que le salía mal un examen. Además, en esta ocasión, se daba el caso de que Jonatán no era un entusiasta de las letras y se le atragantaba la asignatura de lengua y literatura. Daniel, por el contrario, era un devorador de libros que disfrutaba con la lectura y tenía esa asignatura entre sus preferidas. Desde pequeño, sus padres le animaron a leer y despertaron su interés por el fascinante mundo de los libros. Con cinco años ya leía libros que supuestamente eran para niños de más de diez. A veces encontraba palabras y expresiones que no entendía, pero sus padres siempre estaban dispuestos a explicárselo.

Al pensar en ellos, su gesto cambió, y comenzó a sentirse triste y angustiado. Jonatán seguía hablando pero él ya no le escuchaba. Su mente retrocedió cuatro meses atrás, cuando, una fatídica tarde, sus padres sufrieron un accidente de tráfico. Su padre falleció y su madre quedó en coma. Ella continuaba en ese estado y nadie podía darle esperanzas sobre su pronta recuperación. Daniel estaba viviendo una pesadilla, era muy difícil explicar cómo se sentía, después de que, con solo 15 años de edad, su vida entera se viniese abajo sin tiempo para asimilarlo.

Jonatán se percató de que Daniel estaba pensando en sus padres. Era su mejor amigo y sólo con verle la cara podía adivinar sus pensamientos. Los dos eran muy diferentes tanto en lo físico como en su carácter. Daniel era delgado, con el pelo moreno, muy corto; mientras que Jonatán era corpulento, hasta el punto de que muchas veces tenía que controlar su apetito. Su pelo era castaño, con un flequillo que le cubría los ojos casi por entero. Pero las principales diferencias se encontraban en sus caracteres. Daniel era reflexivo, tímido, muy inteligente. Le encantaba leer, se fijaba en el más mínimo detalle y también era algo miedoso. Sin embargo, Jonatán era todo lo contrario: impetuoso, despistado, muy valiente. No le interesaba la lectura y era un experto en todo lo relacionado con la informática. Además, tenía un sentido práctico de la vida que, en muchos casos, era más realista que el de su amigo. Pero a pesar de ser tan diferentes o, como alguien les decía a veces, precisamente por eso, les unía una estrecha amistad y en estos meses tan difíciles se habían unido aún mucho más.

Durante este tiempo Jonatán había intentado ayudarle, sintiéndose impotente muchas veces al no saber muy bien qué hacer o decirle. Pero había llegado a la conclusión de que lo mejor era estar a su lado, escucharle y dejar que se desahogara. Jonatán había descubierto también que las desgracias podían unir mucho más que las alegrías y durante este tiempo su amistad se había fortalecido a través de las experiencias que habían vivido. La abuela de Jonatán murió unos meses antes del accidente de los padres de Daniel y éste le ayudó a encontrar consuelo. Ahora le tocaba a él, aunque sabía que la situación que estaba viviendo su amigo era mucho más dura que la suya.

Jonatán observó a Daniel, que caminaba sumergido en sus pensamientos, y decidió no interrumpirlo. En situaciones como ésta, cuando Daniel se olvidaba de todo lo que tenía alrededor, Jonatán prefería callar y esperar unos minutos hasta que se recuperaba y volvía de nuevo a la realidad. Antes intentaba hacer un chiste o una gracia para animar a su amigo, pero no daba resultado. Había aprendido que en muchas ocasiones la mejor ayuda era simplemente el silencio, y ésta era una de ellas.

Después de un par de minutos llegaron a la calle donde ya se separaban sus caminos y Daniel volvió de nuevo en sí.

—Bueno, me voy. Quiero comer rápido para ver a mi madre. Como ya no tendremos examen hasta dentro de dos semanas, podré aprovechar para estar más tiempo con ella.

Daniel visitaba a su madre en el hospital todas las tardes. En las primeras semanas se habían turnado entre sus abuelos, sus tíos y varios amigos que se habían ofrecido para ayudar. Pero, al comprobar que el estado de su madre se alargaba en el tiempo y que ya no era necesario permanecer constantemente a su lado, dejaron de turnarse, aunque seguían visitándola. Daniel era constante. Cada tarde, a no ser que algo muy urgente se lo impidiese, acudía al hospital para estar con su madre. Jonatán también le acompañaba algunas veces, aunque esa tarde no iba a poder hacerlo.

—Lo siento, Daniel. Hoy no puedo ir, tengo que ir al dentista para que me ajusten los *brackets*.

—No te preocupes.

Se despidieron y Daniel se alejó mientras su amigo le seguía con la mirada. Daniel llegó a casa de sus abuelos paternos, Juana y Pedro, y se encontró con la comida ya preparada. Desde el accidente vivía en casa de sus abuelos, que se habían volcado con él. En cuanto a sus abuelos maternos, su abuela falleció hacía tiempo y su abuelo Emilio era un hombre muy peculiar que vivía en una residencia y no podía encargarse de su cuidado. Sus tíos se ofrecieron para que se quedara con ellos, también los padres de Jonatán, pero finalmente habían decidido que lo mejor era que estuviese con Pedro y con Juana, y Daniel lo agradecía porque se llevaba muy bien con ellos. Sabía que sus abuelos también estaban viviendo meses muy duros, angustiados por la muerte de su hijo y por la situación en la que se encontraba su nuera, e intentaba no ser una molestia para ellos.

Comió en silencio, casi sin hablar con sus abuelos, mientras que éstos le observaban sin mostrarse preocupados; ya estaban acostumbrados a los estados de letargo de su nieto. Era un estado anterior al accidente de sus padres, aunque ciertamente ahora se había acentuado, algo que consideraban normal, debido a todo lo que su nieto estaba sufriendo.

Cuando terminó de comer, se fue al hospital. Como hacía cada tarde, se sentó junto a su cama y le contó todo lo que había hecho durante el día. Los médicos le habían comentado que seguramente no podría escucharle, pero él confiaba en que estuviesen equivocados. Sabía que la medicina tenía sus limitaciones y había situaciones que ni los propios médicos podían explicar ni saber con certeza lo que ocurría. Estaba seguro de que, en el caso de su madre, era así; y que ella, a pesar de no dar ninguna señal de vida, le estaba escuchando y esperaba con ganas que la visitase para ponerla al día de todo lo que le ocurría. Daniel también le leía sus libros preferidos. En esta ocasión, se había llevado una novela policíaca recién publicada. También se llevaba siempre la Biblia y le leía cada día varios capítulos. Su madre tenía dos capítulos que eran sus preferidos, concretamente eran los dos últimos de la Biblia, el capítulo 21 y 22 del libro de Apocalipsis que Daniel le leía cada día. En ellos se hablaba sobre cómo Dios haría unos cielos y una tierra nuevos, en los que ya no habría muerte ni sufrimiento ni dolor. Cuando llegaba a esta parte, siempre se emocionaba y necesitaba detenerse durante un tiempo para después continuar con la lectura.

De repente, la puerta de la habitación se abrió interrumpiendo los pensamientos de Daniel. Entró Eva, su enfermera preferida. Tenía más de 30 años y siempre se mostraba simpática, llena de vida, consiguiendo transmitir su alegría a todos los que tenía a su alrededor. Su carácter era el ideal para animar a los enfermos y familiares. Eva entró a trabajar en el hospital una semana después de que ingresaran a su madre y, desde el primer momento, se encariñó con Daniel. Se emocionaba cada vez que entraba en la habitación y le encontraba sentado en la cabecera de la cama, hablando con su madre.

—Hola, Daniel. ¿Qué tal va todo?

—Bien. Ya he terminado los exámenes, así podré estar con mi madre toda la tarde.

Eva se le acercó y le pasó el brazo por encima del hombro como gesto de cariño.

—Eso está bien. Entiendo que quieras estar con tu madre, pero…

Eva se detuvo sin saber muy bien cómo continuar. Daniel la miró sorprendido.

—Llevo tiempo queriéndotelo decir, aunque no es fácil…

—¿El qué?

—Mira, Daniel, está muy bien que quieras estar todo el tiempo que tienes libre con tu madre, pero debes hacer otras cosas. Ir con tus amigos, vivir…

—¿Vivir?, ¿eso es todo lo que se te ocurre? ¡Aquí está mi vida! ¿Vale? ¡Yo no lo elegí! Pero así son las cosas —contestó Daniel, indignado y con los ojos llenos de lágrimas.

Eva le miró con tristeza. Se lamentaba de no haber tenido el tacto suficiente, pero sabía que lo que le estaba diciendo era lo mejor. Ella solo quería ayudarle a seguir hacia delante. Si el estado de su madre se alargaba en el tiempo, tal y como todo hacía prever, pasar todas las tardes con ella podía convertirse en algo enfermizo para su mente.

—No te pongas así, Daniel, lo digo por tu bien, no te enfades…

Daniel se dio cuenta de que Eva sólo intentaba ayudarle y se sintió avergonzado.

—Lo siento, Eva, no quería…

—Tranquilo, no pasa nada —le interrumpió la enfermera—. Sé que no es fácil de sobrellevar lo que estás pasando.

—No sé, ¿sabes? Todo esto no tiene sentido.

Eva le miraba con cariño.

—Ya lo sé, pero tu vida tiene que continuar.

Daniel inclinó su cabeza con tristeza.

—Tú crees en Dios, ¿no? —preguntó Eva intentando animarlo.

—Sí.

—Pues ya verás cómo Él —Eva señaló hacia el cielo— tiene explicación para todo esto, ¿no te parece?

Daniel la miró sonriendo.

—¡Eso espero!

Daniel se quedó en silencio mientras Eva lo observaba con cariño.

—Creo que lo mejor es que vuelvas a casa, ya sabes que tu madre está en buenas manos. Puedes dar una vuelta o quedar con tus amigos. Seguro que mañana estarás mejor y, si quieres, podemos seguir hablando.

Daniel agradeció la compresión de Eva e hizo caso de su propuesta. Se despidió de su madre y regresó a casa con sus abuelos. Cuando llego a casa, los dos estaban sentados alrededor de la mesa del salón, rodeados de facturas y documentos del banco. Por sus caras dedujo que estaban agobiados, sospecha que se confirmó al observar su gesto de alivio cuando le vieron entrar.

—Hola, Daniel, ¿qué tal todo? —preguntó Juana.

—Bien —contestó, sin mostrarse muy convencido—. ¿Qué hacéis?

—Estamos repasando las facturas de los últimos meses, creemos que se han equivocado con alguna de ellas —intervino su abuelo—. Nos han cobrado una cantidad muy grande de dinero de la cuenta y no sabemos qué puede ser. Mañana llamaré al banco, pero queríamos ver si podíamos averiguar algo antes.

—Sí, ya sabes que tu abuelo es muy cabezón y no para hasta que consigue lo que quiere.

—Pues esta vez me voy a tener que aguantar, no encuentro nada.

—Anda, Daniel, ¿puedes echarnos una mano? Nosotros ya estamos mayores y tanto número nos vuelve locos. Por supuesto, tu abuelo nunca lo reconocerá…

—Porque no es cierto. Para mí estas facturas son pan comido. El problema es que no aparece nada, por eso hay que esperar hasta mañana.

Daniel les miraba con una sonrisa al ver los esfuerzos de su abuelo por justificarse. Se acercó a la mesa y cogió una de las facturas. En ese momento, una idea vino a su mente.

—¿Habéis recogido las facturas de mi casa?

Sus abuelos se quedaron sorprendidos.

—La verdad es que yo no, a no ser que tu abuelo…

—Yo tampoco. Si te digo la verdad, Daniel, llevo casi tres meses sin ir a vuestra casa… no te lo tomes a mal, pero no quería recordar…

—Lo entiendo, abuelo. Yo tampoco he vuelto a ir desde que me vine aquí.

—Puedes ir mañana —comentó Juana—. Es cierto que tenemos que ver el correo, puede haber alguna carta importante. A lo mejor encontramos la explicación al dinero que nos han pasado por el banco.

—Está bien, mañana me acercaré —dijo Pedro no muy convencido.

Daniel comprendió que a su abuelo no le apetecía mucho ir a la casa pero, aún así, iría a pesar de que iba a ser un trance doloroso. En ese mismo momento, tomó una decisión.

—Voy a salir un rato, ¿vale?

—¿Has quedado con Jonatán? —preguntó su abuela con curiosidad.

—No, voy a dar una vuelta yo sólo.

Sus abuelos le miraron sin poder disimular un gesto de tristeza. Llevaban cuatro meses de pesadilla, intentando ser fuertes para ayudar a Daniel, pero les estaba resultando muy difícil. Y eso que su nieto se estaba comportando de forma muy madura para su edad. Aún así, todo era demasiado complicado y doloroso.

Daniel salió con las manos en los bolsillos, tocando las llaves de su casa que había cogido del cajón del mueble de la entrada sin que sus abuelos se enterasen. A él tampoco le apetecía ir a su casa y enfrentarse a los recuerdos, pero quería ahorrarle a su abuelo el difícil trago. De camino, pasó por el portal donde vivía Jonatán y estuvo tentado a llamarle para que le acompañara, pero finalmente desistió. Necesitaba ir sólo, había situaciones que debía vivir él mismo y, cuanto antes lo hiciera, mejor. Le pidió a Dios que le diera fuerzas y siguió su camino con gesto decidido.

La casa donde vivía era un piso en una zona tranquila de la ciudad. Su terraza estaba orientada justo hacia una plaza con una zona ajardinada con varios bancos en los que Daniel había pasado leyendo muchas tardes. Cuando vio a lo lejos su portal, una lluvia de recuerdos le vino a la mente y en todos aparecían sus padres. Por un momento se arrepintió de haber venido solo y pensó que no podría continuar; pero finalmente, decidió dejar la mente en blanco, recoger el correo y marcharse lo antes posible.

Entró en el portal y se dirigió a la zona de los buzones, situada a la derecha de la entrada. Pensaba que su buzón iba a estar repleto de cartas, pero se sorprendió al encontrar sólo un par de sobres del banco y algo de publicidad. Sorprendido, se quedó un rato pensando en quién podía haber recogido el correo. Una voz a su espalda le llamó la atención. Daniel se dio la vuelta y se encontró con el portero. Juan Manuel había trabajado toda su vida en ese bloque. Tenía más de 60 años y le quedaba poco para jubilarse. Era un hombre entrañable al que todos le tenían mucho aprecio.

—Hola, Daniel, ¿cómo estás?

—Bien —contestó sin mucho convencimiento.

Juan Manuel se sintió algo incómodo, no sabía muy bien qué decirle.

—Quiero que sepas que siento mucho lo que te ha pasado. Para mí, tus padres eran muy especiales… bueno, tu madre es…

—Lo sé, de verdad.

Juan Manuel maldijo su torpeza y agradeció la intervención de Daniel para sacarle del apuro. Pudo apreciar nuevamente que era un joven muy maduro, algo que siempre había demostrado desde que nació.

—¿Cómo está?

—Igual, no hay ningún cambio.

Hubo unos segundos de silencio tenso.

—Bueno, ya verás como todo irá bien.

—¡Ojalá! Yo estoy seguro de que despertará pronto.

—Tu madre es una mujer fuerte, seguro que se recuperará.

Daniel hizo un gesto con la cabeza asintiendo y Juan Manuel comprendió que ya no quería seguir hablando sobre ese tema.

—¿Has venido a recoger algo?

—Sí, el correo, pero hay pocas cartas, no entiendo…

Juan Manuel se llevó las manos a la cara.

—¡Qué despiste, Daniel! Lo siento, ¡qué cabeza tengo! Hace dos semanas, el buzón estaba lleno de cartas y lo abrí con la copia de la llave que tengo de todos los vecinos. Las dejé en casa para avisar a tus abuelos, pero se me olvidó. Lo siento, de verdad, no tengo disculpa. No sé qué me pasa últimamente, tiene que ser la edad.

Daniel sonrió al recordar cómo sus padres hablaban muchas veces sobre los despistes del portero, que no eran por la edad, ya que él recordaba esas conversaciones desde niño. Aún así, sus padres siempre creyeron que era responsable y eficiente en su trabajo, por lo que podían hacer la vista gorda sobre los pequeños descuidos.

—Si vienes a casa, te los doy ahora mismo. ¡Qué cabeza!…

Daniel le acompañó a su casa y Juan Manuel le entregó varias cartas que había unido con unas gomas, formando un paquete compacto. Daniel calculó que habría unas veinte y, por lo que pudo leer en los sobres, eran facturas de luz, gas y teléfono principalmente. Le dio las gracias al portero y éste le acompañó hasta la puerta del portal.

—Perdona por el despiste, Daniel.

—No se preocupe, tendría que haber venido antes. Pero no hemos vuelto a entrar en casa desde…

—¿No? ¡Qué raro! Hace unas semanas escuché ruido en la casa, pensé que eran tus abuelos. Y fue más de un día, te lo aseguro. A pesar de mis despistes, esto lo recuerdo perfectamente.

Daniel se quedó pensando en las palabras de Juan Manuel, intentando encontrar una explicación, pero no se le ocurría quién podía haber entrado en la casa. No sabía de nadie más que tuviese las llaves. A lo mejor el portero no se acordaba bien o los ruidos procedían de otra casa. Aún así, decidió subir para echar un vistazo.

—Pues no lo sé, mis abuelos no han sido, eso seguro, y yo tampoco. Voy a subir para ver el piso.

—¿Quieres que te acompañe?

Daniel no se lo pensó.

—Sí, gracias, pero a lo mejor tiene algo más importante que hacer…

—No te preocupes, tengo que mirar un enchufe del tercer piso, aunque eso puede esperar.

Daniel respiró aliviado. No le hacía ninguna gracia entrar solo en casa sin saber lo que se iba a encontrar. Subieron las escaleras hasta el primer piso, donde se encontraba su casa. Lo primero en lo que se fijó fue en la cerradura y comprobó que, afortunadamente, no estaba forzada. Abrió la puerta despacio y encendió el cuadro de luces. En la entrada todo estaba en orden, pero cuando llegaron al salón se encontraron con todo desordenado. Había montones de papeles desperdigados por el suelo. Recorrieron el resto de las habitaciones, que presentaban el mismo estado caótico.

—¡Qué sinvergüenzas! Os han robado. Hay que llamar a la policía —comentó Juan Manuel indignado.

Daniel miraba a su alrededor, intentando analizar todos los detalles.

—No parece un robo, fíjese, está la televisión y el resto de aparatos electrónicos. También he visto las joyas de mi madre en su habitación. Aunque no son muchas, algo de valor tienen.

—A lo mejor son *okupas*. Esos vándalos se meten en cualquier piso vacío y ya no hay quien los eche.

—Aquí no parece que esté viviendo nadie.

—¿Y no falta nada?

—La verdad es que sí, falta el ordenador. Es lo único que se han llevado, resulta extraño…

—Sería mejor llamar a la policía y que ellos se encarguen.

—Y la cerradura no está forzada —seguía pensando Daniel en voz alta, sin escuchar las palabras del portero—. Sólo hay dos explicaciones: o tenían una copia de la llave, o no se trata de unos simples ladrones.

Juan Manuel se quedó observándolo con gesto preocupado.

—Daniel, te conozco desde pequeño y sé que eres aficionado a las novelas de detectives. Aún recuerdo una ocasión en que sólo fijándote en mi ropa adivinaste lo que había estado haciendo durante el día. Creo que todavía no tenías ni diez años. ¿Te acuerdas?

Daniel sonrió recordando el episodio.

—Sí, pero no lo adiviné. Fue simple deducción. Si no lo recuerdo mal, había estado trabajando en el jardín, la tierra de las botas no dejaban lugar a dudas. Justo antes me había fijado en que el césped estaba recién cortado. Simplemente observé los detalles y dejé trabajar a mis pequeñas células grises.

—¡Tus pequeñas células grises! Siempre me ha hecho mucha gracia esa frase. ¿De quién era?, ¿de Sherlock Holmes?

—¡No! —exclamó Daniel, indignado—. Es de Poirot, el único, el mejor detective del mundo.

—Vale, vale, no lo sabía…

Daniel se disculpó por haber reaccionado así, pero era un tema que le indignaba. Todo el mundo hablaba de Sherlock Holmes y le consideraban el mejor detective del mundo, pero él sabía que Hércules Poirot era inigualable y no había detective que se le pudiera comparar.

—Bueno, Daniel, lo que quería decirte es que, aunque sé que eres aficionado a las novelas de detectives, esto se lo tienes que dejar a la policía. Seguro que es un robo, últimamente se han producido muchos por este barrio.

—Ya, puede ser —contestó, sin mostrarse muy convencido.

—Voy a llamarles ahora mismo. Si quieres, puedes avisar a tus abuelos para que estén aquí cuando venga la policía.

Daniel asintió con la cabeza, pero su mente seguía dándole vueltas a lo que había visto en su casa. No le convencía la explicación del robo, había piezas que no encajaban y comenzaba a tener el presentimiento de que esto era sólo el comienzo de algo más inquietante. Esperaba estar equivocado, pero tenía un sexto sentido para anticipar los problemas y, hasta el momento, nunca le había fallado.

Un duelo a la sombra

La sala de espera de la comisaría estaba repleta de gente que aguardaba resignada a que le llegase su turno. Daniel observaba a cada persona con detenimiento, intentando averiguar cuál era el motivo por el que estaban allí. La poca discreción de muchas personas cuando hablan por el móvil le facilitó bastante el trabajo. A Daniel le ponía de los nervios tener que escuchar las conversaciones de los demás. Daba la sensación de que había quien disfrutaba haciendo públicos sus problemas familiares o laborales. No entendía esa faceta exhibicionista; además, le impedía realizar su pasatiempo favorito: analizar a la gente e intentar descubrir detalles sobre su vida. Si todo el mundo se ponía de acuerdo en contar su vida a través del móvil no podría ejercitar sus células grises. Estaba convencido de que algunos pensaban que era un cotilla por tener esa afición, pero él sabía que no era así. No era cotilleo, sino tener la mente inquieta, que era algo muy diferente.

La voz de su abuela interrumpió sus pensamientos.

—¡Daniel! Deja de mirar a la gente, que es de mala educación.

—Lo hago disimuladamente, abuela, no se dan cuenta.

—¿Disimuladamente? Pero si llevas cinco minutos sin apartar la vista de ese hombre que está en la ventana.

—¡Es que es el único que no tiene móvil!

—¿Y…?

—Nada, cosas mías, abuela.

Juana miraba impaciente hacia la puerta.

—Espero que salga ya tu abuelo. Lleva más de veinte minutos. ¡Ni que fuera un delincuente!

—Es normal. Le tienen que hacer varias preguntas para escribir el texto de la denuncia.

—Pues con lo que se enrolla este hombre, podemos estar aquí hasta mañana.

Unos segundos después, Pedro entró en la sala con gesto serio.

—¿Qué te han dicho? —preguntó Juana.

—Nada, me han hecho algunas preguntas sobre el piso, ya sabes, cuándo fue la última vez que estuvimos, qué personas tienen las llaves o qué cosas de valor faltan.

—¿Y ahora qué tenemos que hacer?

—Pues nada, esperar. Dicen que es un caso típico de robo.

—¿Qué…? —intervino Daniel— ¿Eso es todo?

Todos los que estaban en la sala se fijaron en él.

—Habla bajo, Daniel.

—¡No puedo, abuela! ¡Esto es indignante! No sé cómo puede haber una policía tan incompetente. ¿Un caso típico de robo? ¡Por favor! ¡Si hasta un niño de cuatro años se daría cuenta de que esto no es normal!

Un policía entró en la sala y se dirigió hacia Daniel con cara de pocos amigos.

—¿Pasa algo, chico?

—No, no pasa nada, agente. Es que mi nieto está un poco nervioso —contestó Pedro, intentando suavizar las cosas.

—¡Pues sí que pasa algo, sí! Pasa que, o son unos inútiles, o no tienen ganas de dedicarnos tiempo para averiguar lo que ha pasado.

Daniel estaba fuera de sí y el policía empezaba a mostrarse molesto por su actitud.

—Te estás pasando, chaval.

—¿Que me estoy pasando? Yo no soy el que está incumpliendo mi deber.

—¡Daniel! Ya está bien. Esto es una vergüenza.

—¡Pues claro que es una vergüenza, abuelo! Pero no por mí, sino por ellos. ¡Alguien entró en mi casa y quiero saber quién fue y por qué lo hizo! ¡Y no me voy a conformar con que haya sido un «típico robo»! ¡Quiero ver al inspector jefe!

El policía estaba cada vez más enfadado.

—¡Vaya! El señorito quiere ver al inspector jefe. Si quieres también podemos avisar al ministro del interior.

—No voy a consentir que se ría de mi nieto, señor agente. Es cierto que se ha pasado, pero no tolero que se burle de él. Ha sufrido mucho estos meses y no se merece este trato.

Pedro se sintió indignado al ver el tono sarcástico que estaba usando el agente de policía.

—¡Tienen razón esos señores! Este chico sólo está pidiendo justicia —intervino una de las personas que estaban en la sala, el que no tenía móvil.

En poco tiempo, toda la sala se unió a la causa de Daniel, exigiendo al policía que le hiciera caso y avisara a su superior. El agente, abrumado por la situación, no tuvo otra salida que llamar al inspector. Usó la emisora y, un par de minutos después, entro un hombre de paisano, con cara de pocos amigos. Era alto, de complexión fuerte y con una perilla que le daba el aspecto de un boxeador. Daniel, que hasta ese momento estaba saboreando su victoria sobre el agente, se arrepintió de haber montado el número. Pero decidió echarle valor y no cortarse, ahora que había conseguido su objetivo.

—Soy el inspector Vázquez, ¿qué está ocurriendo aquí?

El agente iba a contestar, pero el inspector no le dejó.

—¡Llegaban las voces hasta la planta de arriba! No sé si se han dado cuenta de que esto es una comisaría, no un gallinero.

—Pues la verdad es que lo parece…

Las palabras de Daniel provocaron que la cara del inspector se encendiera, adquiriendo un tono granate que hacía presumir un ataque de ira de proporciones infinitas.

—¡Vaya! Creo que a ti no te han explicado lo que es el respeto a la autoridad, ¿verdad? —comentó el inspector, dirigiéndose a Pedro y Juana.

—¡Sí! Pero es que la autoridad tiene que ganarse el respeto —intervino de nuevo Daniel.

—Señor inspector, disculpe a mi nieto. En realidad ha sido ese agente, que no ha sabido tratarlo de forma…

—¡Vaya! Entonces la culpa es del agente, no de su nieto, ¿verdad? Además de insultar a un agente de la ley, le acusáis con mentiras… bueno, bueno, esto cada vez se pone más interesante.

—Eso no es lo que ha pasado, creo que el que está mintiendo es usted —respondió Pedro con rotundidad.

—¡Queréis callaros ya! —ordenó Juana a su marido y a su nieto—. ¿No veis que al final nos van a meter en la cárcel?

—¡No, señora! ¡Tienen razón! Su nieto no ha hecho nada —comentó alguien de la sala.

—¡Es cierto! Nosotros somos testigos. Ese agente se burló de él y ahora este inspector le está avasallando. ¡Esto es una vergüenza!

El inspector observó cómo todos los que estaban en la sala se habían aliado con los ancianos y con su nieto. Aún así, decidió mantenerse firme y no ceder.

—Vaya, esto es una conspiración. Vamos a tener que ampliar los calabozos…

Daniel no pudo aguantar más y comenzó a gritar mientras las lágrimas le inundaban la cara.

—¡Lo único que quiero es saber quién entro en mi casa aprovechando que mi padre está muerto y mi madre en coma! ¿Es mucho pedir?

Sus palabras cayeron como una losa en la sala, dejando a todos en un absoluto silencio. El inspector enrojeció, pero esta vez no de ira, sino de vergüenza, dándose cuenta de su metedura de pata. Tenía que encontrar una salida airosa. Buscó con la mirada al agente que lo había llamado y se dirigió a él con tono severo.

—¿Usted sabía esto, agente?

—No, yo, nadie me había…

—¡No admito excusas! ¡No tolero la ineptitud! —exclamó, con gesto teatral—El chico no se merecía este trato, espero que se disculpe con él.

El agente se mordió la lengua intentando contenerse, mientras el inspector observaba con satisfacción cómo todos los presentes se habían tranquilizado. Era un experto en controlar situaciones de crisis, y había vuelto a demostrarlo.

—Y ahora, si no les importa, debo pedirles que me acompañen a mi oficina —tendió su brazo y cogió a Daniel por la espalda—. El agente se disculpará y yo escucharé todo lo que tengan que contarme.

Pedro y Juana sonrieron con satisfacción, pero Daniel se quedó en silencio, pensativo. No le gustaba ese hombre, se notaba que había actuado para tranquilizar a la gente. En cuanto estuviesen a solas, les ignoraría como había hecho anteriormente. Además, había utilizado al agente como cabeza de turco, cuando la gran responsabilidad era de él. Daniel no iba a caer en su juego y estaba dispuesto a darle una lección delante de toda la gente.

—No hace falta, señor inspector. Simplemente quiero una explicación sencilla, podemos hacerlo aquí.

—Ya, pero como es información confidencial, tenemos que ir a mi oficina…

—La información tiene que ver con nosotros y no nos importa que haya gente delante.

Juana iba a intervenir para corregir a Daniel, pero su marido se lo impidió cogiéndola del brazo y guiñándole un ojo. Pedro conocía a su nieto y sabía que tenía algo planeado. No le caía bien ese inspector y confiaba en Daniel, así que le dejó hacer.

—Insisto, creo que…

—¿No ha escuchado al chico? ¡Pero qué hombre más terco! —exclamó otra mujer en la sala.

El inspector temía que los ánimos volviesen a caldearse, así que decidió ceder y escuchar a ese chico que le estaba empezando a caer gordo. Pidió a su agente el papel de la denuncia y lo leyó con detenimiento.

—Bien, según esto, estamos ante un robo común. ¿Cuál es el problema? —no pudo evitar darle a la pregunta un tono sarcástico.

—Pues el problema, señor inspector, es que no estamos ante un robo común —contestó Daniel de forma retadora.

—Vaya, esto sí que resulta interesante. Parece ser que sabes más que la policía. Bueno, ¿y en qué te basas?

Vázquez estaba cada vez más irritado y podía volver a estallar en cualquier momento.

—Pues, muy fácil, la puerta de la casa no estaba forzada. Es una puerta blindada y acorazada. De ser cierta su teoría sobre el robo, si se hubiese tratado de unos ladrones comunes, la habrían forzado, ¿no?

—Sí, pero no sé qué…

—Entonces —le interrumpió Daniel de forma cortante—, está claro que no pudieron ser unos ladrones comunes. Si aceptamos que fue un robo, tuvo que tratarse de unos profesionales, con instrumentos para abrir una puerta así sin dejar ningún tipo de huella.

—Ladrones comunes o profesionales, ¿qué más da? El caso es que robaron en tu casa —comentó el inspector Vázquez, cada vez más irritado.

—No da igual, porque los ladrones profesionales roban en chalets y urbanizaciones, pero no en pisos como el mío, ¿verdad? ¿Por qué se tomaron tantas molestias para entrar en mi casa?

Daniel sonrió satisfecho, antes de concluir su razonamiento.

—Está claro que la teoría del robo no tiene sentido.

El inspector sonrió de forma forzada, mirando de reojo al resto de los presentes en la sala. Empezaba a tener tics nerviosos en el labio, señal de que le estaban sacando de sus casillas. Ese mocoso se estaba pasando de listo, pensó, y a pesar de haber sufrido una tragedia con sus padres, no iba a tolerar que le dejara en ridículo.

—Yo no la descartaría tan fácilmente. Pueden haber muchas explicaciones—comentó con una sonrisa despectiva— ¿Qué personas tienen llave de la casa?

—Nosotros tenemos dos, la nuestra y la de mi hija —contestó Pedro—. El portero tiene otra y puede ser que algún amigo de mi hija y mi yerno tengan otra, pero no lo sabemos seguro.

—¿Veis? —señaló, extendiendo los brazos y girándose hacia todos los presentes en la sala—. Es muy fácil. Alguien pudo entrar con la llave.

—¿Quiere decir que mis abuelos o los amigos de mis padres han hecho eso?

El inspector le miró irritado, tenía que medir sus palabras para no parecer ofensivo.

—No, por supuesto. Pero pudieron dejarse la puerta abierta, facilitando la entrada a los ladrones. O también las pudieron perder. O los ladrones se las quitaron, hicieron una copia y se las devolvieron sin que se diesen cuenta. Son muchas las posibilidades, ¿os dais cuenta? Ya está, enigma resuelto. ¡Podemos marcharnos!

La argumentación del inspector había sido convincente y las personas de la sala asentían con la cabeza, mostrando su conformidad con la explicación. Pero Daniel volvió a la carga para desesperación del inspector.

—No es tan sencillo. Si alguien perdió las llaves y las encontraron los ladrones, ¿cómo supieron que eran las de mi casa?

La intervención de Daniel provocó un gesto de fastidio en el inspector.

—Y si las robaron e hicieron una copia, quiere decir que se tomaron muchas molestias para entrar en casa, algo que nunca harían unos ladrones comunes que siempre van a lo más fácil. ¿No le parece, señor inspector?

Vázquez le miraba con cara de incredulidad, preguntándose de dónde podía haber salido ese chico tan repelente. Daniel había conseguido convencer nuevamente al resto de la sala y varios de los presentes no pudieron disimular sus sonrisas ante la situación. Los abuelos de Daniel observaban con temor al inspector, esperando su reacción.

—Muy ingenioso, pero ya te he dicho que puede ser que alguien se dejase la puerta abierta, suele pasar muchas veces.

—Es algo improbable, porque mis abuelos no entraron, tampoco el portero y no sé por qué lo harían los amigos de mis padres; en caso de que alguno tenga las llaves, que no lo sabemos todavía.

El inspector aspiró aire con fuerza y lo soltó de forma violenta.

—Mira, chico, llevo en el cuerpo mucho más tiempo del que tú tienes de vida. Cuando tú aún no habías nacido, yo ya estaba atrapando delincuentes por estas calles, ¿lo entiendes? Te puedo asegurar que he visto cosas más increíbles que ésta…

—Pues ya que tiene tanta experiencia, me podrá explicar por qué, si los ladrones encontraron la puerta abierta y entraron sin ningún tipo de problema en la casa, sólo se llevaron el ordenador después de revolverlo todo. Si fuesen unos ladrones, como asegura tan convencido, se habrían llevado todos los aparatos electrónicos, las joyas y todo lo de valor, ¿no?

Daniel alzó su cabeza con gesto triunfante. El enfrentamiento se había convertido en algo personal y no estaba dispuesto a ceder ante ese inspector vanidoso y soberbio.

El inspector miró a su alrededor antes de contestar. Al ver las caras de la gente, comprendió que estaba perdiendo el duelo. Tenía que contraatacar de forma convincente.

—Se nota que eres muy joven e inocente. Esto que comentas también tiene una explicación sencilla. Los ladrones pudieron escuchar algún ruido en la escalera, que pudo ser el de algún vecino que llegara a la casa de al lado. Se asustaron y se marcharon, ¡así de fácil! Tuvisteis suerte, podéis estar agradecidos.

El inspector continuaba mostrándose arrogante, pero Daniel volvió a la carga. No se iba a rendir fácilmente.

—¿Ah, sí?, ¿y se llevaron el ordenador? Claro, es algo muy natural. Se asustan y salen de la casa con un ordenador. ¡Es la mejor forma de no llamar la atención!

—¿Se puede saber qué es lo que quieres? ¡Esto no tiene ni pies ni cabeza! —exclamó el inspector, nuevamente lleno de ira.

—Pues yo creo que el chico lo ha explicado perfectamente —intervino una mujer que se había puesto definitivamente del lado de Daniel.

—¡En mi casa entró alguien y no eran ladrones comunes! ¡Buscaban algo y por eso se llevaron el ordenador! Creo que está claro lo que quiero, que encuentren a la persona que entró y descubran qué buscaba.

El inspector se quedó en silencio mirando a Daniel con gesto retador. El resto de las personas comenzó a apoyar a Daniel de forma entusiasta.

—¡Este chaval es un genio!

—Tiene toda la razón. No sé cómo la policía no se ha podido dar cuenta de algo tan evidente.

—¿Y esto es lo que hacen con el dinero de nuestros impuestos?

Las frases de apoyo a Daniel fueron en aumento, hasta que el inspector se vio obligado a intervenir, dándose ya por vencido. Tenía que evitar que la situación se le fuera de las manos.

—Está bien, vamos a investigarlo. Nos llevará tiempo, así que lo siento por estas personas que están en la sala.

Todos le miraron sorprendidos. Vázquez sonrió haciendo un gesto de resignación.

—Perderemos el tiempo con un caso que está claro y sus denuncias tendrán que esperar hasta que lo resolvamos. Lo siento, de verdad, pero es lo que me están pidiendo, ¿no?

El inspector se dio la vuelta y se marchó sin despedirse, mientras todos en la sala le observaban con indignación, sin saber muy bien si darle la enhorabuena a Daniel o recriminarle que sus casos se vieran afectados. Daniel, sin embargo, permaneció en pie sin desviar la mirada de la espalda del inspector, mientras saboreaba lo que consideraba una victoria sin paliativos. Sus abuelos le hicieron un gesto para que les acompañara hacia la salida. Pedro sonreía, pero Juana no disimulaba su enfado por la actitud de su nieto.

Daniel se despidió de las personas de la sala y les agradeció su apoyo. Las respuestas fueron variadas, ya que el inspector había conseguido sembrar la incertidumbre en algunos de ellos. Pero él no se percató de estas reacciones, ya que estaba sumergido en sus pensamientos. A pesar de las palabras del inspector, sabía que la policía no iba a investigar su caso y menos aún después de lo que había pasado. Todo había sido una actuación de cara a la galería, aunque para él era suficiente para sentirse vencedor ante ese inspector prepotente y vanidoso. En cuanto a la investigación de lo que había ocurrido, no necesitaba a la policía, tenía sus células grises dispuestas para funcionar a pleno rendimiento. Debía averiguar quién había entrado en su casa y qué buscaban con tanto interés. A pesar de la seguridad que intentaba aparentar, volvió a sentir un estremecimiento que no le hacía presagiar nada bueno.

Piezas que no encajan

Eva entró en la habitación de Ana para comprobar que todo estaba en orden. Se sorprendió al encontrarse con Daniel, sentando junto a la cama, como siempre, pero con un montón de papeles dispersos sobre sus piernas y encima de la cama, en un hueco al lado de su madre. Estaba tan concentrado que no percató cuando entró la enfermera.

—¿Qué haces, Daniel, te has traído los deberes?

Daniel dio un salto sobre la silla.

—¡Qué susto, Eva! No te he visto entrar.

—Tranquilo, a ver si te va a dar un infarto…

—En ese caso, estaría en buenas manos, ¿verdad?

—¿No estarás intentando ligar conmigo?

Daniel sonrió ante la pregunta de la enfermera. Siempre conseguía hacerle sonreír, algo de agradecer en un momento tan difícil como el que estaba viviendo. Desde el primer instante en que se conocieron habían conectado. Eva conseguía tranquilizarle en los momentos en los que se encontraba más desanimado. Daniel creía que era una enfermera muy especial, no trabajaba para cubrir el expediente y llevarse el sueldo a final de mes, lo suyo era pura vocación. Una vez le preguntó por qué había elegido ser enfermera y ella contestó que lo hizo porque estaba convencida de que era una buena oportunidad de ayudar a las personas en momentos difíciles, como era la enfermedad y, en algunos casos, la fase previa a la muerte. No podía evitar empatizar con familiares y pacientes, algo que le había provocado muchos disgustos y noches sin dormir. Sus compañeras le aconsejaban que no se lo tomara tan a pecho, que debía distanciarse de los enfermos, pero ella no concebía su trabajo sin acercase a los que estaban sufriendo. Daniel se quedó sorprendido cuando ella le habló con tanto entusiasmo sobre su trabajo.

—¿Se puede saber qué son esos papeles? Si quieres contármelo, claro. No quiero parecer una cotilla —dijo Eva, interrumpiendo los pensamientos de Daniel.

—Tranquila, no es ningún secreto. Son las facturas de mi casa de los últimos meses.

—¡Ah, sí! Ya me ha contado tu abuela que alguien os ha robado.

—No fue un robo…

—Sí, sí, también me ha contado tu aventura en la comisaría. Tu abuela no estaba muy contenta, precisamente.

—Tampoco fue para tanto. Simplemente tuve que poner en su sitio a un inspector un poco chulo.

—Ya, un vanidoso que se cree que todo lo sabe, ¿no?

—Sí, exactamente —contestó Daniel de forma enérgica, sin darse cuenta del tono sarcástico de Eva.

—¿Y no será que tocó tu orgullo? No me negarás que la humildad no es tu punto fuerte…

—¿Cómo? ¿Vas a defender a ese hombre? Tú no estuviste allí. Si lo hubieras visto… era un prepotente.

Eva sonrió al ver el enfado de Daniel, ya que sabía que sus palabras no le ofendían. Después de estos meses, tenían suficiente confianza como para decirse las cosas claramente; eso sí, siempre con cariño.

—Venga, ya sabes que te creo.

Daniel se tranquilizó y Eva, acercándose, cogió algunas de las facturas.

—¿Y se puede saber qué haces leyendo esto? Ya sé que te gusta leer, pero me parece un poco raro. Si te has quedado sin libros, sólo tienes que decírmelo y te traigo alguno de mi casa.

Eva consiguió arrancarle nuevamente una sonrisa.

—No, tranquila, no estoy tan desesperado. Aunque he tenido que leer algunos libros en el instituto que son más pesados que las facturas.

—Pues sí, yo también tengo alguno que he dejado por imposible a la tercera página.

—¿A la tercera? Bueno, yo les dejo más margen. Si a las treinta páginas el libro me aburre, no sigo más. A no ser que tenga que leerlo para el instituto, claro.

—¿Treinta páginas? Bueno, lo probaré la próxima vez. Será cuestión de tener más paciencia. Aunque no sé si podré.

Eva se sentó en el borde de la cama con las facturas en la mano.

—Ya nos hemos ido del tema. ¿Me vas a contar lo de las facturas?

—Es verdad, perdona, es que ya sabes que cuando me hablan de libros, no puedo resistirlo. Pues veras, yendo al grano, al ver tantas facturas juntas me he dado cuenta de lo complicado que es llevar una casa. Hay que pagar luz, gas, teléfono, seguros del coche, de la casa, ¡es una ruina!

—¡Qué me vas a contar! Mi novio y yo estamos intentando ahorrar para poder comprarnos una casa, pero no hay forma, ¡aparecen gastos por todas partes!, ¡y eso que él está viviendo todavía con sus padres!

—Anda, ¿y tú dónde vives?, nunca me lo has dicho —preguntó Daniel, interesado.

—Yo vivo en un piso de alquiler. Lo comparto con otra chica.

—¿Y por qué no vives con tus padres como tu novio?

—Pues porque mis padres no viven en Madrid. Yo soy de León, pero tuve que venir aquí por el trabajo. ¡Ya me gustaría poder vivir también con ellos!

Daniel se quedó pensativo mirando por la ventana y Eva se dio cuenta de que había metido la pata con esta última frase.

—Lo siento, Daniel, no quería…

—No te preocupes, no es culpa tuya. Tengo que acostumbrarme.

Eva se acercó y le abrazó. En ese momento entró Jonatán acompañado de una chica a la que Daniel identificó rápidamente. Los dos se quedaron algo incómodos al ver a Eva y Daniel abrazados.

—¿Interrumpimos? —preguntó Jonatán tímidamente.

—¡Uy! Nos habéis pillado, esto va a ser un escándalo...

Todos rieron ante las palabras de Eva, y ésta se dirigió a la puerta.

—Bueno, Daniel, te dejo, que ya estás en buena compañía.

—Vale, pero luego te cuento algo que he encontrado en las facturas.

—¡Oh, qué interesante! ¡Me apasiona el mundo de las facturas! —exclamó Eva antes de salir de la habitación.

Daniel, Jonatán y la chica se rieron por la ocurrencia de la enfermera.

—Es maja, ¿verdad?

—Sí, sí, muy maja. Ya nos contarás qué significa ese abrazo.

—No seas infantil, Jonatán. Lo que pasa es que tú no entiendes de sentimientos.

—¿Cómo?, pero sí eres tú el frío, ¡eres como un tímpano de hielo!

—¡Témpano! ¡Se dice témpano!

—Bueno, ¿qué más da? Tú me has entendido.

—Siento interrumpiros, pero estoy aquí, ¡hola! —dijo la joven que les acompañaba, levantando la mano.

—Hola, Sara, perdona. Es que éste me saca de quicio.

Sara le dio un par de besos a Daniel. Los dos se conocieron unos meses antes del accidente de sus padres, durante un campamento de jóvenes. Congeniaron bastante bien; tenían la misma edad y compartían su pasión por la lectura. Daniel nunca había encontrado a nadie con quien poder hablar sobre libros y cuando conoció a Sara descubrió por fin con quien poder hacerlo sin que le etiquetasen de empollón o pesado. Sara tenía una teoría que a Daniel le encantaba. Decía que ellos pertenecían a la especie de «Mamíferos Devoradores de libros», y que debían luchar para que nunca se extinguieran. Habían hecho un pacto: intentarían animar a sus amigos para que se aficionasen a la lectura. Daniel llevaba tiempo intentándolo con Jonatán, pero le estaba resultando muy difícil. Si todos fueran como su amigo, los Mamíferos Devoradores de libros se habrían extinguido antes que los dinosaurios.

—Mira, te he traído este regalo.

Daniel cogió el regalo de Sara, que estaba envuelto en un papel verde. Lo tanteó con las manos para ver si adivinaba lo que era y no tuvo que pensar mucho, estaba seguro de que era un libro. ¿Qué mejor regalo podían hacerle? Rompió el papel y no pudo disimular un gesto de decepción cuando sacó el libro.

—¿Qué pasa, Daniel?, ¿no te gusta? Como me dijiste que *Telón* era la única novela de Poirot que te faltaba… —preguntó Sara, sorprendida.

—Y es cierto, no lo tengo.

—Entonces, ¿por qué pones esa cara? No me digas que ahora no te gusta Poirot, que no me lo creo.

Sara sabía que a Daniel le apasionaba Poirot. Ella también era muy aficionada a las novelas de Agatha Christie, pero prefería al personaje de Miss Marple. Se habían pasado tardes enteras discutiendo sobre quién era mejor, pero no conseguían ponerse de acuerdo. Para Daniel, Poirot era el mejor detective del mundo, mientras que Miss Marple, a pesar de ser buena, era una simple aficionada. Para Sara, por el contrario, el detective belga, aunque era muy inteligente, no dejaba de ser un personaje cursi y vanidoso, mientras que Miss Marple era una anciana adorable, que bajo una apariencia de inocencia escondía la mente policial más brillante. Daniel le había explicado muchas veces que sólo le faltaba un libro de Poirot por leer, *Telón*, por eso se lo había comprado.

—No te entiendo, Daniel…

—Verás, nunca te lo he dicho, pero es que no quiero leer este libro.

—¿Por qué? Yo lo he leído y está genial, es de los mejores.

Daniel parecía dubitativo.

—Ya, pero es que sé que en esa novela Poirot muere…

—¿Y…?

—Pues que no quiero que muera.

—Pero si es un personaje de ficción…

—Ya sé que parece una tontería, pero es que para mí es como si fuera real, y no quiero leer cómo muere. De esa forma es como si estuviera vivo, ¿me entiendes?

Sara le miraba con incredulidad.

—No mucho, es la primera vez que oigo algo así.

—Sé que suena muy raro, pero de momento prefiero dejarlo como está.

—Entonces dámelo, puedo cambiarlo por otro.

—No, prefiero quedármelo. Llegará el día en el que tenga que leerlo. Siempre recordaré que me lo has regalado tú...

—¿Qué pasa? —le interrumpió Jonatán— Ahora me estáis ignorando a mí. Parecéis dos tortolitos.

—No empieces con eso, Jonatán —le advirtió Daniel con gesto serio.

Daniel y Sara estaban hartos de que sus amigos no entendiesen que entre ellos solo había una buena amistad. Jonatán se metía muchas veces con él y bromeaba diciendo que eran novios. Daniel se enfadaba porque, aunque Sara era muy inteligente, guapa y divertida, él simplemente era su amigo, nada más. Estaba harto de que un chico y una chica de su edad no pudiesen ser amigos sin ningún otro tipo de connotación.

—Vale, vale, perdona. Sólo era una broma.

Sara intervino para calmar los ánimos.

—¿Qué tal está tu madre? —preguntó, sabiendo ya cuál iba a ser la respuesta.

—Igual, no hay ningún cambio. Los médicos dicen que es un caso extraño y que no saben cómo puede evolucionar el coma. Sólo podemos esperar.

—¿Te han dicho si puede oír lo que hablamos?

—No lo saben, pero yo estoy seguro que sí.

Sara sacó un recorte de periódico y se lo entregó a Daniel.

—Mira, te he traído esta noticia que salió el otro día en el periódico. Es sobre un hombre que estuvo en coma durante 23 años y, finalmente, se descubrió que durante ese tiempo era consciente de todo lo que pasaba, aunque estaba paralizado y no podía comunicarse.

Daniel cogió el papel con verdadero interés. Sara y Jonatán le miraron con expectación, mientras los ojos de su amigo comenzaban a llenarse de lágrimas.

—¿Sabéis? A veces oigo cómo algunos enfermeros y médicos hablan de mí entre ellos. Comentan que les doy pena porque hablo con mi madre sin que ella pueda oírme.

—Esos son unos *pringaos* que no saben lo que dicen —dijo Jonatán, indignado.

—No tienes que hacerles caso —añadió Sara.

—Yo intento ignorarlos. Pero necesitaba leer algo así. Siempre es de ánimo saber que éste puede ser el caso de mi madre. Y, de todas formas, si no fuera así y ella no puede escucharme, yo no habría perdido nada por intentarlo, ¿no? Cuando despierte sabremos la verdad.

—¡Claro qué sí! —exclamó Sara con convicción.

—Si me ha estado escuchando, no habrá problema. En caso contrario, tendré que empezar desde cero…

—¿Has pensado en lo que le dirás en ese caso?

Daniel se quedó pensativo. Había pasado muchas noches sin dormir, dándole vueltas a esa posibilidad. Si no podía escuchar nada, cuando despertara tendría que darle la noticia sobre la muerte de su padre. Sería algo muy duro y, aunque Daniel intentaba buscar las palabras más adecuadas, le costaba mucho imaginarse el momento y prefería no seguir pensando. Cuando llegara el momento, ya lo pensaría con más detenimiento.

—Tu madre estará orgullosa de ti, Daniel —le dijo Sara, agarrándole el brazo.

Daniel sonrió y miró hacia la cama de su madre.

—Soy yo el que está orgulloso de ella, y de mi padre…

Se quedaron un rato en silencio, hasta que Jonatán rompió el hielo.

—Por cierto, ¿qué es eso que le ibas a contar a la enfermera sobre las facturas? ¿Os han cobrado de más?

—Oye, tú eres un cotilla, ¿no? —le dijo su amigo en broma.

—Pues sí, para qué negarlo. Pero vamos, que si no me lo quieres contar, no pasa nada. Ya ves qué me importan a mí unas facturas…

—Anda, no disimules, que estás deseando que te lo cuente.

—Que no. Ahora no quiero saberlo —comentó Jonatán, haciéndose el ofendido.

—Bueno, pues no te lo cuento.

Daniel sonreía. Jonatán se quedó sorprendido.

—Se supone que ahora tú tenías que insistir un poco más hasta que yo dijera que sí, ¿no?

—Qué sí, hombre, que es una broma. Veréis, he descubierto algo muy extraño. He estado mirando las facturas atrasadas que llegaron a mi casa: de la luz, del gas, el agua, el teléfono y otras más.

—Pues vaya rollo. Mira, lo he pensado mejor, no me lo cuentes.

Sara le dio un codazo a Jonatán; éste se encogió de hombros y dejó que Daniel siguiera hablando.

—Haré como que no he escuchado nada.

—¡Mejor! —exclamó Sara mirando a Jonatán con gesto de enfado.

—Nunca me he fijado en las facturas, ni en los gastos que hay en una casa, porque mis padres se encargaban de todo. Pero viéndolas ahora me he dado cuenta de la cantidad de cosas que hay que pagar. A veces parece que todo es gratis, pero la verdad es que no es así.

—Por eso, lo mejor es no mirar el precio de las cosas, ¡así no sufres!

—Claro, Jonatán, con esa filosofía acabarás viviendo debajo de un puente.

—Bueno, por lo menos tendré un techo.

Daniel sacudió la cabeza, dando a su amigo por imposible, y siguió hablando.

—Al contrario que Jonatán, me pareció interesante fijarme en el detalle de las facturas y ver lo que cuesta la luz o el agua, y en qué meses se gasta más. El caso es que cuando he visto las facturas del teléfono móvil de mi padre, me he fijado en algo que me ha llamado la atención.

Sara y Jonatán se le quedaron mirando expectantes, algo que a Daniel le encantaba. Le gustaba crear un clima de suspense entre los que le escuchaban y dejar unos segundos de incertidumbre hasta que volvía a hablar.

—Mi padre siempre llamaba cada dos días al mismo número, ¡a la misma hora!

—Eso es muy raro, ¿a ver?…

Jonatán cogió las facturas y las miró con detenimiento. Sara permanecía en silencio. Se la notaba algo incómoda.

—Pues no tengo ni idea de qué puede ser. Toma, Sara, a ver si a ti se te ocurre algo.

Sara las cogió con desgana, demostrando que algo le preocupaba y no podía disimularlo a pesar de sus intentos.

—Sara, no te preocupes, sé lo que estás pensando —dijo Daniel con media sonrisa.

Sara se sonrojó.

—No, de verdad que yo no he pensado nada sobre tu padre.

Jonatán les miraba sin entender nada de lo que hablaban.

—¿Me he perdido algo? ¿Alguien me puede explicar qué pasa?

Sara no parecía dispuesta a contestar.

—Pues es muy sencillo, Jonatán. Lo que pasa es que no utilizas tus células grises.

—Ya estamos, eso me pasa por preguntar…

—Una de las explicaciones más probables para las llamadas es que mi padre tuviese una amante.

Las palabras de Daniel provocaron que los ojos de Jonatán se abrieran, alcanzando un tamaño casi sobrenatural.

—Yo no he pensado que tu padre… —intentó excusarse Sara.

—No te disculpes, Sara. También fue lo primero que yo pensé. Una mente analítica debe plantearse todas las posibilidades, dejando a un lado las emociones.

—Ya, claro, pero es que es muy fuerte. Tu padre…

Jonatán dejó de hablar y miró hacia la madre de Daniel, haciéndoles gestos a éste y a Sara.

—Daniel —dijo susurrando—, no hables de esto delante de tu madre. Ya sabes, puede que esté escuchando y no creo que sea bueno para ella que se entere de lo de tu padre.

Daniel sonrió.

—Tranquilo, ya se lo he contado. Además, he dicho que era una posibilidad a tener en cuenta, pero no la única explicación. Además, es algo que ya he descartado.

—¡Eso se dice antes! —exclamó Jonatán, mostrando su alivio.

—¿Y por qué lo has descartado? —preguntó Sara con interés, pero con algo de escepticismo.

Pensaba que Daniel, movido por sus sentimientos, intentaría encontrar cualquier explicación que demostrase la inocencia de su padre.

—Lo cierto es que algo así me parecía muy improbable en mi padre, aunque es cierto que nunca puedes poner la mano en el fuego por nadie, ya lo dice la Biblia: «El que piense estar firme, mire que no caiga». Pero encontré un dato que me hizo descartar completamente esa posibilidad.

Nuevamente, Daniel se quedó en silencio, esperando la reacción de sus amigos. Éstos se impacientaban, así que tuvo que continuar.

—Mi padre realizó una llamada a ese número… el mismo día del accidente.

—¿Y? —preguntó Jonatán.

—Pues que por la hora que indica la factura, mi padre ya estaba con mi madre en ese momento. ¿Lo entiendes?

—¡Ah, claro! Eso quiere decir que… pues no, no lo entiendo, la verdad.

Sara no pudo evitar sonreír mientras Daniel se desesperaba.

—Pues es muy sencillo —intervino Sara—. Si ese número fuera el de una amante, su padre no la llamaría delante de su madre y, además, ¡hablando más de diez minutos!

Jonatán asintió con la cabeza.

—¡Ahora sí! ¿Ves qué fácil lo ha explicado Sara? Es que a ti no hay quién te entienda —dijo Jonatán, recriminando a su amigo con la mirada.

—Ya, será eso. Bueno, el caso es que he descartado que mi padre tuviese una amante, algo que me ha dejado mucho más tranquilo, todo hay que decirlo. Habría sido una decepción muy grande. Mi padre siempre me hablaba sobre la importancia de la fidelidad en el matrimonio. Decía que era un tesoro que había que luchar para conservar. Por eso me animaba a no tener prisa por tener novia. Me decía que en este tema no hay que precipitarse. Hay que saber escoger a la persona más adecuada con la que compartir el resto de tu vida.

—¡Qué bonito! —exclamó Sara.

—Sí, no suena mal —comentó Jonatán, sonriendo—; aunque, claro, si se te presenta una chica en condiciones, ya sabéis…

Sara le dirigió una mirada amenazante, éste dejó de hablar y bajó la cabeza, dándose por enterado.

—Yo siempre confié en él, y si ahora hubiese descubierto que tenía una doble vida y que todo lo que me decía era mentira, habría sido muy duro.

—Pues ya está —intervino Jonatán—. ¡El misterio de las facturas ya está resuelto!

Daniel se quedó mirando a su amigo con cara de incredulidad.

—¿Resuelto?

—Claro, pero si acabas de decir que…

—¡Acabo de decir que no sé a quién llamaba mi padre ni por qué lo hacía cada dos días a la misma hora! ¿Te parece que el misterio está resuelto?

Jonatán se quedó pensativo.

—Vaya, es cierto, no sé cómo se me ha podido pasar algo así…

—Yo sí lo sé, porque…

—Ya sé, porque no uso las células grises, ¿a que sí?

Sara se lo estaba pasando en grande viendo cómo los dos discutían, pero decidió intervenir para evitar que la discusión fuera a más.

—¿Y tienes alguna idea sobre quién puede ser la persona a la que llamaba?

—No, y ya es la segunda pieza que no encaja.

—¿La segunda? —preguntó Sara con curiosidad.

—Sí, primero alguien entró en casa buscando algo.

—¿Cuándo?, ¡no sabía nada!

Daniel les contó lo que había descubierto al entrar en casa y el duelo que tuvo con el inspector en comisaría. Jonatán y Sara le escuchaban fascinados.

—¡Qué borde! Me tenías que haber llamado —comentó Jonatán, indignado.

—El caso es que, diga lo que diga ese inspector, ¡estoy seguro de que no fue un robo! Alguien buscaba algo en mi casa, aunque todavía no sé el qué.

—¿Y la otra pieza? —preguntó nuevamente Jonatán, para desesperación de su amigo.

—¡Las llamadas del móvil! —siguió hablando Daniel, remarcando las palabras mientras miraba a Jonatán—. Es la segunda pieza que no encaja. ¿A quién llamaba mi padre y por qué lo hacía a la misma hora cada dos días?

Jonatán hizo un gesto de asentimiento, dándose cuenta de que había vuelto a meter la pata.

—La verdad es que es muy raro, Daniel —comentó Sara, fascinada por el misterio que se planteaba. No podía disimular su pasión por la intriga y las investigaciones.

—¿Y qué vas a hacer?

—Pues ahora mismo estoy en blanco. Debo encontrar algo sobre lo que investigar. Tiene que haber un dato, una clave que me dé alguna pista para saber por dónde ir. ¡Debo encontrar el hilo!

—¿Hilo? Mi madre tiene en casa, si quieres puedo… —Jonatán se calló al ver la cara de Daniel—. Ya, que lo del hilo es por otra cosa, ¿no?

—Sí, Jonatán, sí. El gran Poirot decía que por el hilo se desenreda la madeja.

—Vaya, otra vez Poirot… —comentó Jonatán.

—¡Y eso es lo que tengo que encontrar! Cualquier pequeño detalle puede convertirse en el hilo adecuado que me ayude a desenredar la madeja. ¡Así de simple!

—¡Nosotros te ayudaremos! —exclamó Sara con entusiasmo.

Jonatán se quedó un rato en silencio, intentando encontrar alguna frase genial que arreglara las meteduras de pata anteriores. Quería estar a la altura de Daniel y Sara y que ésta no se quedara con la idea de que no entendía las cosas. Además, era cierto que su amigo estaba pasándolo mal, pero también necesitaba que le dieran una pequeña lección a su vanidad. Después de poner su cerebro a pleno rendimiento, encontró una laguna en el planteamiento de su amigo y se preparó para darle la merecida lección.

—Eso del hilo está muy bien, pero, ¿y si lo que encuentras antes es la madeja?…

El hilo de la madeja

La consulta de psiquiatría de los padres de Daniel estaba situada en una calle cercana a la Plaza de España. Cuando terminaron la carrera en la universidad, lugar donde se conocieron, abrieron una consulta en un pequeño local a las afueras de Madrid. Empezaron desde cero y, poco a poco, las cosas les fueron bien. Cada vez tenían más clientes, hasta que finalmente tuvieron que trasladarse a un lugar más grande en el centro de la ciudad. Compraron dos pisos contiguos que ocupaban más de cien metros cuadrados cada uno, en un edificio con más de veinte plantas de altura.

Cuando llegó a la entrada del portal, Daniel sacó las llaves que había cogido despistando a sus abuelos. Lo había hecho en secreto, no quería que se enterasen de que iba a ir a la consulta. Sospechaba que los que habían entrado en su casa también podrían haberlo hecho en la consulta de sus padres. En unos minutos saldría de dudas.

Subió hasta el tercer piso por las escaleras, ya que siempre que podía evitaba los ascensores, y más los antiguos como éste, que no le ofrecían ninguna garantía a pesar de la placa que indicaba que habían pasado la revisión. Cuando llegó al rellano del tercero observó la entrada de la consulta; una gran puerta de madera maciza con un cartel que indicaba:

«Consulta de psiquiatría», y los nombres de sus padres. Daniel recordó con nostalgia la cantidad de veces que le habían llevado al trabajo, especialmente en vacaciones. Mientras sus padres trabajaban, él pasaba el tiempo dibujando y leyendo en una de las oficinas. Sus padres se alternaban en la consulta para poder estar con él, pero había ocasiones en las que se les acumulaba el trabajo y debían coincidir los dos en la consulta. Normalmente se quedaba con sus abuelos, que vivían cerca; pero cuando éstos no podían, no les quedaba más remedio que llevarle con ellos. Le tenían prohibido asomarse a la sala de espera para mantener así la confidencialidad de sus clientes, pero él, en ocasiones, se asomaba con disimulo y observaba a las personas que esperaban, intentando adivinar qué problemas podrían haberles traído hasta allí. El día que su padre le sorprendió espiando y le castigó, se le quitaron las ganas de volver a intentarlo.

Daniel tuvo que hacer un esfuerzo para dejar a un lado estos recuerdos y sacó la llave para abrir la puerta. No había ninguna marca que mostrase que la habían forzado, pero recordó que tampoco las había en su casa y, aún así, se encontró el piso patas arriba. Cuando abrió la puerta y encendió la luz, volvió a descubrir el mismo desorden. Por una parte se sintió indignado, pero por otra se alegró al comprobar que sus sospechas se habían confirmado. Esto demostraba que su tesis era la correcta; el inspector estaba equivocado y él tenía razón, algo de lo que ya estaba seguro antes de ir a la consulta. Sin lugar a dudas, había personas interesadas en encontrar algo que estaba relacionado con sus padres. Las preguntas a contestar eran quiénes serían esas personas, qué buscaban y si ya lo habían encontrado después de revolver el piso y la consulta.

Se detuvo un rato en la puerta, prestando atención por si escuchaba algún ruido. Era muy improbable que alguien estuviese dentro, pero debía asegurarse. No quería correr riesgos innecesarios, y menos aún cuando la valentía no era una de sus cualidades destacadas. De nuevo, se arrepentía de no haber contado con su amigo Jonatán, ya que aportaba el coraje que a él le faltaba. Después de unos minutos, decidió entrar en el despacho de sus padres.

Habían tirado las estanterías al suelo, las mesas estaban volcadas y había una gran cantidad de papeles esparcidos por el suelo. El desorden era mayor que el que se encontró en su casa. Daniel observó todo con gran atención, deteniéndose en cada detalle, hasta que pudo hacerse una composición de cómo habían podido desarrollarse los acontecimientos.

Sospechaba que primero habían entrado en su casa. La razón para llegar a esta conclusión era que en su casa había menos desorden, mientras que en la consulta habían tirado los muebles de forma violenta, demostrando que estaban cada vez más enfadados y nerviosos al no haber encontrado nada en ninguno de los dos sitios. Era solo una hipótesis, pero estaba casi convencido de que en el despacho tampoco habían encontrado nada. Daniel se dio cuenta de que inconscientemente pensaba en plural, como si fueran varias personas las que habían entrado en su casa y ahora en la consulta, aunque también podía tratarse de una única persona.

Recorrió el despacho y comprobó que se habían llevado los dos ordenadores. De ser cierta su teoría, no habrían encontrado nada en el ordenador de casa, pero ahora ya no podía tener la certeza de que, finalmente, lo hubiesen encontrado en los que se habían llevado de la consulta. Eso era algo que no podía saber, así que se centraría en analizar la información con la que podía contar. Tenía que ser práctico, de nada valía lamentarse por lo que se habían llevado.

Debajo de la mesa había una gran cantidad de papeles esparcidos por el suelo. Se agachó para cogerlos y echarles un vistazo y comprobó que se trataba de expedientes de los pacientes que sus padres guardaban en la caja fuerte. La habían forzado, tirando toda la información confidencial por el suelo. Daniel pensó que, posiblemente, los que entraron, o el que entró, venían expresamente a llevarse alguno de esos expedientes. Podría tratarse de un paciente que quería eliminar información comprometida. Esta nueva hipótesis tenía sentido y podría ser la explicación de los dos asaltos. Un escalofrío recorrió su cuerpo; una idea estaba empezando a crecer en su mente y era realmente inquietante. Decidió aparcarla momentáneamente, después analizaría con más detalle estos nuevos datos. Ahora debía concentrarse en mirar bien por toda la consulta, por si encontraba algo más de interés.

Aunque sabía que los expedientes eran confidenciales, no pudo resistir la tentación de leer algunos. Se sorprendió de ver la cantidad de problemas psicológicos que tenía la gente. Cuando hablaba con sus amigos y les decía que sus padres eran psiquiatras, todos pensaban que trabajaban con locos, pero Daniel les tenía que sacar del error. Él también lo creía al principio, pero sus padres se encargaron de aclararle que la gran mayoría de las personas que iban a su consulta eran gente normal, pero con problemas personales o familiares que necesitaban solucionar. Según ellos, todos tenemos algún trauma o un problema emocional o psicológico que nos marca en nuestra vida. Muchos de estos problemas los arrastramos desde la infancia, aunque no somos conscientes y vivimos desconociendo cómo nos influyen en nuestro carácter y comportamiento. Los expedientes que tenía en las manos le demostraban que sus padres estaban en lo cierto. Uno de los informes hacía referencia a una familia que precisamente eran vecinos de Daniel. En ese momento, se dio cuenta de que no estaba bien lo que hacía y se sintió como un intruso en la vida privada de los demás. Recordó que sus padres siempre hacían mucho hincapié en la confidencialidad de sus pacientes. A pesar de sentir gran curiosidad, dejó los papeles encima de la mesa y echó una última mirada alrededor del despacho. Le llamó la atención un objeto negro que sobresalía por debajo de una de las estanterías que habían caído al suelo. Con gran esfuerzo, levantó la estantería lo suficiente para poder sacar lo que resultó ser una agenda. Daniel reconoció inmediatamente que se trataba de la agenda de su padre. Siempre la llevaba consigo. Se negaba a usar agendas electrónicas, decía que no se acostumbraba, que prefería lo clásico. Siempre que podía evitaba usar aparatos digitales; por supuesto, era un luchador en contra del libro digital. Cuando Jonatán estaba en casa, muchas veces se metía con su padre y le decía que tenía que modernizarse; su padre se reía pero se negaba a ceder. Su madre era todo lo contrario, estaba al día de todas novedades tecnológicas e informáticas. Le recriminaba que luchar contra lo tecnológico era una batalla perdida y que, en cuanto a los libros, lo importante era que la gente leyera, no el formato en el que lo hiciera.

Sonriendo al recordar estas discusiones entre sus padres, Daniel apretó la agenda contra su pecho. En casa la miraría con detenimiento para ver si encontraba algo interesante. Se disponía a salir del despacho cuando escuchó un ruido en la puerta de la consulta. Se dio cuenta de que se la había dejado abierta. Se recriminó su torpeza, pero no era momento para lamentaciones, tenía que esconderse. Escuchó unos pasos que se acercaban al despacho y miró alrededor, desesperado, buscando un escondite. Se situó detrás de una de las mesas que habían volcado, intentando no hacer ruido. Justo en el momento en que consiguió esconderse, los pasos se escucharon dentro del despacho. El intruso se detuvo en la puerta y durante unos minutos no se escuchó ningún ruido. Daniel comenzó a sudar, estaba aterrado. ¿Quién era esa persona? ¿Sería el mismo que había entrado antes en su casa y en la consulta? Y, lo más preocupante, ¿sabía que él estaba dentro? Intento controlar los nervios para que no se escuchara el sonido de su respiración, pero cada vez era más complicado. Daniel no oía ningún ruido, ese periodo de espera le estaba desesperando. ¿Qué estaba haciendo? ¿Por qué no se movía? A lo mejor se había ido, al ver que no había nadie dentro. Pero en ese caso habría escuchado sus pasos. No, tenía que seguir en la puerta, pero, ¿qué hacía?, ¿a qué esperaba? Sus pensamientos fueron interrumpidos por el sonido de los pasos, esta vez más fuertes, con un ritmo acelerado. El intruso se estaba dirigiendo hacia él a toda velocidad. ¡Le había descubierto! La mesa tras la que se escondía salió disparada con una fuerza brutal. Daniel se levantó e intentó huir sin atreverse a mirar atrás. No había dado dos pasos, cuando unas manos que parecían garras de hierro sujetaron sus brazos y lo lanzaron hacia un lado de la habitación. Daniel cayó al suelo y se quedó conmocionado por el golpe. Afortunadamente, no se golpeó la cabeza. Había caído de lado, golpeándose con la parte derecha de su cuerpo en la pared. Dolorido en el hombro y el brazo, intentó levantarse, pero su agresor estaba justo delante de él. Miró aterrorizado y se encontró con un hombre de gran altura, corpulento, con una mirada enloquecida. Daniel no pudo controlarse y empezó a gritar.

—¡No me haga daño!, ¡le daré lo que quiera! —suplicó desesperado.

Las palabras de Daniel parecieron tranquilizarle, pero duró sólo un momento. De repente, el hombre comenzó a gritar con una voz estridente.

—¿Dónde están?, ¿dónde están?, ¡dímelo! ¡Me habéis engañado!

Daniel estaba confuso, sin entender qué le decía.

—¿Qué busca? Dígamelo y se lo daré —Daniel también gritaba, entre lágrimas.

Los ojos del hombre enrojecieron. Las venas del cuello parecían a punto de estallarle.

—¡Es una conspiración, y tú eres el culpable! ¿Dónde están?, ¡dímelo, traidor!

—¡No sé de qué me habla!, ¡déjeme!

—Tú también me has traicionado, ¿verdad? ¡Te voy a matar!

—¡Yo no lo he traicionado!, ¡pero si no lo conozco!

El hombre se le quedó mirando fijamente. Parecía que sus palabras le habían convencido y Daniel respiró aliviado. Aprovechando que su atacante se había tranquilizado, comenzó a levantarse despacio, intentando no hacer ningún movimiento sospechoso. Cuando ya había conseguido incorporarse, se giró bruscamente y comenzó a correr. Su corazón latía de forma acelerada, casi no podía respirar por la tensión, pero seguía corriendo como nunca lo había hecho en su vida. Estaba a punto de llegar a la puerta de la calle, cuando tropezó con una silla que habían volcado en el suelo. Intentó mantener el equilibrio, pero resultó imposible. Cayó al suelo y sintió un fuerte dolor en el brazo derecho. Desesperado, intentó levantarse de nuevo, pero le resultó imposible, el hombre ya había llegado a su altura y le agarró nuevamente con fuerza, levantándolo varios centímetros del suelo. Daniel le miró directamente a la cara y observó, horrorizado, que estaba fuera de sí, con los ojos inyectados en sangre.

—¡Te voy a matar, traidor!

Daniel comenzó a gritar, desesperado, pidiendo socorro, pero su grito se vio interrumpido por otro alarido de su atacante, que cogió impulso sosteniéndolo como si fuera un muñeco de trapo y lanzándolo con fuerza hacia delante. Daniel salió despedido nuevamente hacia la pared, pero esta vez se golpeó fuertemente en la cabeza. Todo se volvió negro y perdió el conocimiento.

Varias horas después, abrió los ojos. Una acción tan simple le costó gran esfuerzo, ya que los párpados parecían losas de cemento. Estaba tumbado en una cama y la cabeza le dolía una barbaridad. Se encontraba desorientado. Miró hacia los lados intentado situarse. Con alegría, descubrió el rostro de Eva, que le miraba con esa sonrisa que cautivaba a todo el que la conocía.

—¡Por fin te has despertado!

En unos pocos segundos, una serie de imágenes pasaron por su mente. Lo último que recordaba era haber volado por los aires hasta que sintió cómo la cabeza casi le explotaba y todo se volvió oscuro. Después, todo eran imágenes y sonidos confusos, en los que escuchaba y sentía cómo le hablaban y le movían, pero no tenía plena conciencia de lo que pasaba. Después, volvió a entrar en un sueño profundo, hasta ese momento, en el que despertaba, aunque todavía confundido. La voz de su abuela le hizo volver a la realidad.

—¿Cómo estás?

Daniel dirigió su mirada hacia su derecha y observó a su abuela, que se encontraba acompañada de su abuelo.

—¿Estoy en el hospital? —preguntó Daniel, llevándose una mano a la cabeza y comprobando que tenía un aparatoso vendaje.

Su abuela le cogió la mano y se la acarició.

—Sí, te trajeron a urgencias —contestó su abuelo con voz temblorosa.

—Tus abuelos se han llevado un susto muy grande. Les llamaron del hospital. Se temían lo peor —intervino Eva.

—Pero, ¿estoy bien?

—Tienes una fuerte conmoción, pero afortunadamente no tienes nada importante.

Daniel suspiró aliviado.

—¿Qué ha pasado, Daniel? Nos han dicho que te encontraron en el despacho de tus padres, inconsciente, como si estuvieras muer…

Juana comenzó a llorar y no pudo continuar hablando. Su abuelo la abrazó e intentó consolarla.

—¿Quién me encontró?

—Parece ser que fue un vecino del bloque —contestó Pedro—. Pero no sabemos más detalles. Ahora vendrá un policía para contarnos algo más y para hablar contigo.

—¿Me van a interrogar?

—La policía quiere saber qué te ha pasado —dijo Eva.

En ese momento la imagen de su agresor, completamente enloquecido, apareció en su memoria, dejándole nuevamente aterrorizado. Ahora recordaba perfectamente los momentos previos al golpe y se sintió inquieto.

—¡Me atacaron! ¿Le han cogido?, ¡quería matarme!

Daniel estaba cada vez más nervioso e intentó levantarse de la cama. Al mover los brazos se dio cuenta de que tenía puesta una vía con suero y se la arrancó. Intentó poner un pie en el suelo, pero estaba mareado y se tropezó. Eva se acercó rápidamente y le agarró justo antes de que llegara al suelo. Sus abuelos le ayudaron a levantarse y, entre los tres, volvieron a subirle a la cama.

—Tranquilo, ¿vale? No puedes levantarte todavía.

Daniel miraba a Eva con cara de terror.

—¿Qué te ha pasado?, ¿quién te atacó?

Daniel intentó calmarse y les contó todo lo que recordaba desde que el intruso entró en la consulta. No explicó la razón por la que fue allí, y ninguno le preguntó; seguramente no se les ocurrió, por la impresión del relato del ataque. Más adelante, tendría que dar explicaciones a sus abuelos, de eso estaba seguro. Cuando terminó el relato, se quedaron en silencio, sobrecogidos por lo que habían escuchado.

—Estoy segura de que la policía atrapará a ese animal —comentó Eva.

—No tenías que haber ido allí solo. Hay veces que no tienes cabeza. ¿Se puede saber por qué fuiste?

Daniel miró a su abuela con cara de circunstancias, lamentando que ya se hubiese dado cuenta. Tendría que dar las explicaciones antes de lo que había previsto. Pero, en ese momento, su abuelo salió en su ayuda.

—Ahora déjale tranquilo, que necesita descansar.

—¡Cómo no! Ya salió su abogado defensor.

—Venga, cariño, no te enfades.

—¿Por qué no bajan a la cafetería a tomar algo? —les preguntó Eva, guiñándole un ojo a Daniel—. Su nieto ya se ha despertado y yo me puedo quedar con él un rato.

—¡Buena idea! Vamos, Juana.

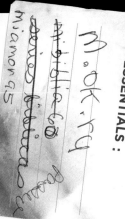

Daniel se mostraba algo reticente, pero finalmente ⸱e quedaron solos, Daniel respiró aliviado.

e no me iba a librar de la bronca de mi abuela, ¡gracias! aya echado un cable no quiere decir que esté de acuerdo echo. Tu abuela tiene razón, no tenías que haber ido solo a la consulta ⸱⸱⸱spués de lo que encontraste en tu casa. ¿Por qué fuiste?

—Pues precisamente por eso. Pensé que los que entraron en el piso también podrían haberlo hecho en la consulta. ¡Y no me equivoqué!

—¿Los que entraron…?

—Bueno, el que entró, ahora ya sé que fue solo uno.

Daniel se llevó una mano a la cabeza antes de seguir hablando.

—Lo que está claro es que ese hombre está buscando algo que pertenecía a mis padres.

Eva se mostró muy interesada en las palabras de Daniel.

—¿Qué crees que puede ser?

—A lo mejor es un paciente con información confidencial en su expediente, que no quiere que salga a la luz. Se enteró del accidente y ha intentado hacerse con los documentos.

—Suena creíble, puede ser eso —comentó Eva.

—Pero hay otra opción…

—¿Cuál?

—Sería algo terrible, pero también puede ser posible…

—Venga, Daniel, suéltalo ya.

—Puede ser que mis padres tuvieran una información comprometida sobre ese hombre y por eso les quiso matar, provocando el accidente…

Eva se quedó pensativa, sorprendida por el razonamiento de Daniel.

—¿Qué dices…?

—Sí, Eva. A lo mejor mis padres no sufrieron un accidente, sino que fue un asesinato.

Durante unos segundos, las palabras de Daniel quedaron como flotando en la habitación, creando un ambiente sobrecogedor.

—Daniel, sólo por lo que ha ocurrido en tu casa y en la consulta no puedes sacar esa conclusión.

—¡Tengo más pruebas!

—¿Ah, sí?, ¿cuáles? —preguntó Eva, cada vez más intrigada.

Daniel se quedó en silencio, intentado ordenar sus ideas. Pero su cara demostraba preocupación, algo no iba bien.

—¿Estás bien, Daniel? —preguntó Eva, preocupada.

—Sí, bueno, no lo sé. Estoy intentado recordar y no puedo. Sé que había algo que encontré, una prueba, algo relacionado con mis padres, pero no consigo recordar qué es. Es como si se hubiese borrado un recuerdo de mi mente. ¿Puede haber sido por el golpe? ¿Estoy perdiendo la memoria?

Daniel estaba realmente preocupado. Era un hipocondríaco crónico. Siempre creía que podía sufrir alguna enfermedad grave. Cualquier resfriado o gripe común se convertía en su mente en una enfermedad terminal.

—No te preocupes, es normal. Después de un golpe tan fuerte suelen producirse fallos de memoria. Pero es algo temporal.

—¿Estás segura?, ¿no voy a estar meses con la memoria borrada?…

Eva sonrió, gesticulando con la cabeza.

—¿Con la memoria borrada?, ¿crees que vas a ser el nuevo Bourne?

—No te rías, se empieza así y puedo terminar como un zombi, deambulando por las calles sin saber quién soy.

—¡No seas exagerado!, ¡no te pasa nada!, ¿vale? Sólo estás un poco confundido por el golpe, es normal. Lo único que te ocurre es que no recuerdas un pequeño detalle, ya está. Sin embargo sí que recuerdas que habías encontrado algo, aunque no sabes lo que es. ¿Ves?, no es tan grave.

Las palabras de Eva parecieron tranquilizarlo.

—Espero que tengas razón.

—Qué sí, tú tranquilo. ¡Anda!, no sabía yo que eras tan miedoso.

—Miedoso, ¿yo? ¡Venga ya! Lo único es que me preocupo por mi salud.

Eva sonreía mientras Daniel se quedaba pensativo.

—¿Sabes? Esto de la memoria es algo muy curioso.

—¿Por qué?

—No consigo recordar lo que encontré sobre mis padres que me llamó la atención; sin embargo, al pensar en que el accidente de mis padres pudo ser provocado, me ha venido a la mente un detalle en el que no había vuelto a caer desde aquel día.

—¿Cuál? —preguntó Eva, sin poder ocultar su interés.

—El accidente de mis padres se produjo en una carretera secundaria en dirección a Madrid. Era una carretera por la que ellos no solían ir, yo por lo menos nunca había ido por ahí con ellos. Recuerdo que varios amigos y familiares me preguntaron dónde habían ido mis padres y no supe contestar. Nadie pudo dar una explicación a que mis padres estuviesen ese día en esa carretera. Yo en aquel momento no sospechaba nada. Pero ahora, después de lo que ha pasado, es diferente... puede tratarse de información importante. Ya hay otra pieza más que no encaja.

—Se lo tienes que contar a la policía.

—Sí. Sólo espero que los que vengan sean más competentes que el inspector ese de la comisaría...

Daniel se detuvo al escuchar una tos que procedía de la entrada de la habitación.

—Perdone la interrupción, enfermera, pero debemos hacerles algunas preguntas al chaval.

Eva hizo un gesto de asentimiento con la cabeza, mientras Daniel comprobaba horrorizado cómo el inspector Vázquez estaba en la puerta de su habitación. El policía se acercó a Eva y extendió su mano.

—Encantado, soy «el inspector ese de la comisaría». Le agradecería que nos dejara solos.

Eva se levantó algo avergonzada y, después de encoger los hombros y mirar con cara de reproche a Daniel, salió de la habitación. Vázquez se acercó a la cabecera de la cama.

—Ya veo que estás bien, tu vanidad no ha sufrido ningún cambio.

La vergüenza inicial de Daniel se transformó en enfado. Iba a responder, cuando se escuchó la voz de Eva desde la entrada.

—¿Así es como trata a alguien que ha sido atacado?

El inspector miró sorprendido a la enfermera y se sonrojó, aunque se rehízo rápidamente.

—Creo que le dije que nos dejara solos.

—Iba a hacerlo, pero recordé lo que Daniel contó sobre su discusión en la comisaría y decidí quedarme para asegurarme de que le trataba de forma conveniente. Es mi paciente y debo velar por su bienestar. Así que, si no le importa, me voy a quedar.

Se sentó en la silla situada en un rincón de la habitación, mostrando claramente cuáles eran sus intenciones. Vázquez se dio cuenta de que estaba ante una mujer de apariencia amable, pero de carácter firme, así que tenía las de perder. Decidió no seguir luchando.

—Está bien, pero no nos interrumpa, por favor. Quédese en silencio.

Eva asintió con la cabeza.

—Y ahora, Daniel, quiero que me cuentes lo que te ocurrió en la consulta.

—Por supuesto, aunque si me hubiese hecho caso en la comisaría… ¡ahora no estaría en esta cama!

—Es curioso, justo es lo que pensé cuando me enteré, aunque al revés, claro. Si me hubieses hecho caso, dejando de hacerte el policía, seguro que no estarías aquí. No me alegro de lo que te ha pasado, por supuesto —dijo, mirando de reojo a Eva—, pero creo que te lo has buscado tú, así que no le eches la culpa de esto a la policía.

—No, si yo no le echo la culpa a la policía, ¡se la echo a usted!

Eva se levantó muy enfadada y se puso en medio de los dos.

—¡Daniel! Ya está bien, deja de hablarle así y cuenta de una vez lo que te ha pasado. ¡Y usted! —le señaló con el dedo de forma amenazante—, ¡deje ya de comportarse como un niño! Creo que ya es mayorcito para montar este espectáculo, ¿no?

Los dos agacharon la cabeza avergonzados mientras Eva se dirigía nuevamente a la silla.

—Bien, esto… creo que lo mejor es que me cuentes todo lo ocurrido, paso por paso, ¿de acuerdo?

Vázquez sacó su libreta y leyó el informe que le habían pasado en la comisaría.

—Fuiste a la consulta de tus padres, ¿verdad?

—Sí —contestó Daniel con desgana.

—Vaya, ¡aquí pone que te apellidas Ackroyd! ¡Qué curioso!, no sabía que tu padre era extranjero…

Daniel suspiró con desgana. Estaba harto de tener que dar siempre explicaciones sobre su apellido. Su bisabuelo era inglés, de ahí venía lo de Ackroyd. Fue un misionero cristiano que llegó a España muy joven, enviado por una misión protestante. Se casó con una española y se quedó en el país el resto de su vida. Aunque su bisabuelo tenía una historia fascinante, que a Daniel no le importaba escuchar en repetidas ocasiones, le resultaba pesado tener que dar siempre explicaciones sobre el origen de su apellido, y más al inspector, que cada vez le caía peor.

—Mi padre no era extranjero, era mi bisabuelo.

—¿Ah, sí?, ¿y por qué vino a España?

Daniel se estaba desesperando.

—¿Ha venido a preguntarme por mi bisabuelo o por lo que me ha ocurrido?

El inspector le miraba indignado.

—Preguntaré lo que a mí me parezca oportuno, ¿de acuerdo?

—En ese caso, si las preguntas van a ir más allá de lo normal, tendré que avisar a mi abogado.

Daniel le miraba desafiante.

—¿Queréis dejar ya de comportaros así? —intervino Eva—. Daniel, haz el favor de contar lo que te ha pasado.

Daniel asintió mientras observaba el rostro indignado del inspector. Sin poder disimular una media sonrisa, comenzó a hablar. Le contó el episodio de la consulta, el ataque del hombre y también se explayó en sus teorías sobre el accidente de sus padres. El inspector le escuchaba mientras volvía su mirada de vez en cuando a Eva.

—¡Y eso es todo, señor inspector! —dijo con tono sarcástico—. Como ve, yo estaba en lo cierto, ese hombre buscaba algo importante. Y es probable que esté relacionado con el accidente de mis padres.

Vázquez se quedó en silencio. Daniel lo interpretó como una señal de derrota. El inspector ya no tenía más argumentos, pensó. Así que se preparó para saborear su victoria. Una sonrisa se dibujó en su cara.

—Qué, ¿no va a decir nada?

—Pues sí, tengo una mala noticia y otra buena que darte, ¿por cuál empiezo? —dijo el inspector de forma cortante.

Daniel le miró extrañado. ¿Qué tramaba? Seguro que era una forma de no reconocer su derrota. Se quedó en silencio, aunque reconocía que sentía cierta curiosidad por saber cómo iba a continuar.

—¿No te decides? Bueno, pues lo haré yo.

El tono de Vázquez era demasiado seguro y Daniel se empezaba a temer lo peor.

—Empezaré por la mala, para variar. ¿Te parece?

Daniel asintió con resignación. Le estaba fastidiando su actitud prepotente.

—Pues la noticia mala es que estás completamente equivocado.

—¿Equivocado? Creo que ya le he explicado que...

—Espera, espera, que aún no he terminado. Ahora tengo que darte la buena.

—¡Pero si todavía no me ha explicado la mala!

—Mira que los jóvenes sois impacientes, ¡así os va, claro! Cuando te diga la noticia buena te darás cuenta de que tengo razón. Te equivocas en todo, chaval.

—¿Ah, sí?, ¿y cuál es esa noticia supuestamente buena?

—Pues que ya no tendrás que preocuparte por el hombre que te atacó.

—¿Por qué? —preguntó Daniel sorprendido.

—Lo cogimos cerca de la consulta —contestó con un tono contundente.

Daniel dio un salto en la cama.

—¿Cómo?, ¿le han cogido?, ¿y por qué no me lo ha dicho?

El inspector sonrió, se lo estaba pasando en grande.

—Es muy sencillo, no podía influir en tu declaración, debía conocer todos los detalles por tu parte sin que te afectara el saber que ya habíamos cogido al culpable.

Daniel sabía que tenía razón, no podía reprocharle nada. Pero todavía quedaban muchos cabos sueltos.

—¿Quién es? ¿Por qué me atacó? ¿Han averiguado ya qué es lo que buscaba?...

—¡Para, para! Vamos por partes. Como te he dicho, estabas completamente equivocado, ese hombre no buscaba nada.

—Entonces, ¿quién es? —intervino Eva, intrigada y a la vez indignada con la actitud prepotente del inspector.

—Es un paciente de la consulta que...

—¿Veis?, ¡tenía razón! ¡Es un paciente que quería hacerse con información sobre su expediente! ¿Y se atreve a decir que estoy equivocado? ¿Le han preguntado sobre mis padres? A lo mejor ese hombre...

—Eh, eh, no te embales, chaval, que te pasas de listo.

—¿Es necesario insultar? —preguntó Eva con tono severo.

—No estoy insultando, estoy definiendo. Y ahora le voy a pedir que se quede en silencio si quiere continuar en la habitación.

La actitud del inspector había cambiado. Ahora era él quien dominaba la situación y no iba a permitir que nadie le interrumpiera.

—Ese hombre es un esquizofrénico. Por eso te decía lo de la conspiración. Piensa que todo el mundo le persigue. Ya hemos avisado a su familia y nos lo han confirmado todo. También hablamos con los vecinos del portal donde está la consulta y le han identificado. Dicen que en los últimos meses acude cada semana a la puerta de la consulta. Sospechamos que era la hora en la que tenía su cita semanal con tus padres. Justo el mismo día y a la misma hora en la que tú estabas en la consulta. ¡Ya es casualidad! Vio la puerta abierta y entró. Descargó contra ti sus paranoias conspirativas. Ya está, así de sencillo. Tuviste mala suerte, chaval.

—¿Entonces, no buscaba nada?

—Sí, buscaba a tus padres. Ese hombre acudía cada semana esperando tener su consulta con ellos.

Daniel se quedó paralizado. Todos sus esquemas se habían venido abajo y, además, tenía que soportar el tono prepotente de ese policía al que no podía aguantar.

—Bien, por mi parte ya está todo. Más adelante habrá un juicio, así que nos volveremos a ver. Pero ya puedes estar tranquilo y, por supuesto, deja de pensar en conspiraciones y cosas extrañas, ¡ya sabes que eso es cosa de esquizofrénicos!

El inspector hizo un gesto de despedida cuando pasó al lado de Eva y salió de la habitación con la cabeza alta, dejando a Daniel hundido y a Eva indignada por su actitud.

—¡Ese hombre es horrible! No puedo creer que haya gente así.

Eva se acercó a Daniel, pero éste seguía en silencio, intentando asimilar todo lo que había escuchado. Después de un par de minutos, reaccionó.

—Vaya, esto lo cambia todo.

—Ahora no lo pienses, anda. Intenta descansar y ya tendrás tiempo de darle vueltas a la cabeza.

—Lo que más odio es que se ha salido con la suya, ¡no lo soporto!

—Tranquilo, sabes lo de la siembra y la siega, ¿no? Seguro que terminará encontrando la horma de su zapato.

—Ya, pero mientras tanto yo estoy bajo su zapato... ¡totalmente aplastado!

Eva sonrió y se alegró de que Daniel empezara a salir de su ensimismamiento.

—De todas formas, hay algo que no encaja. Esto explica el porqué este hombre me atacó, pero volvemos de nuevo al principio.

—¿Por qué? Ya le has oído al inspector...

—Ya, claro que le he oído. Lo que pasa es que me quedé paralizado y no se me ocurrió nada para contestarle. Es cierto que ya sabemos quién me atacó, pero no quién entró en mi casa y en la consulta, ¿entiendes?

—Ya, pero a lo mejor estás equivocado. Puede haber sido un robo, u otra cosa, no sé...

—Si pudiera acordarme de esa otra cosa que no encajaba. Pero no puedo, ¡estoy bloqueado! Aunque esto no va a quedar así. Tengo que descubrir qué está pasando, se lo debo a mis padres.

—Tranquilo, Daniel. Es mejor que no lo fuerces. Ya verás como te vendrá a la mente de repente, sin que lo esperes.

—¡Ojalá!

—Bueno, yo me tengo que ir, ¡hay más pacientes en la planta!

—Gracias por todo, Eva. Menos mal que estabas aquí.

—Siento no haber podido hacer más, pero ese energúmeno no me dejó.

Daniel recordó algo justo en el momento en el que Eva iba a salir de la habitación.

—Eva, otra cosa. Cuando estaba en la consulta, cogí una agenda de mi padre, ¿sabes si está con mis cosas?

—Tu ropa está en este armario. No sé si los que te atendieron cogieron la agenda.

Eva abrió el armario y cogió algo de su interior.

—¡Has tenido suerte!

Le acercó la agenda y Daniel la cogió. Se quedó mirándola, emocionado.

—¿Era de tu padre? —preguntó Eva, que también empezaba a emocionarse.

—Sí, la quiero guardar de recuerdo. Pero también quiero echarle vistazo. A lo mejor descubro algo interesante.

—¡No tienes remedio! Sigues con tu idea, ¿no?

—Sí, y no voy a parar hasta que averigüe la verdad.

Eva se fue y dejó a Daniel, que se había sumergido en las páginas de la agenda.

Quince minutos después, la puerta de la habitación se abrió de golpe y aparecieron sus abuelos, acompañados de Jonatán y de sus padres, Manuel y Pilar. Estos se habían volcado con Daniel durante los últimos meses y se habían convertido casi en su segunda familia. Pilar se acercó y le abrazó con fuerza.

—Daniel, ¿cómo estás? Ya nos han contado tus abuelos todo lo que ha pasado, ¿estás bien?

—Sí, Pilar. Al final sólo ha sido un susto.

—¡Un susto, dice! A mí casi me da un infarto —dijo su abuela con cara de preocupación.

—¿Has hablado con la policía? —preguntó Manuel, que también le había abrazado.

—Sí, y ya le han atrapado.

—¡Gracias a Dios! ¡Menos mal! —exclamó su abuela, mirando hacia el cielo.

Daniel les explicó toda la historia del esquizofrénico tal y como la había contado el inspector, eso sí, sin hacer referencia a su particular duelo con el policía y las teorías sobre el accidente de sus padres. Cuando terminó, sus abuelos parecían más tranquilos y empezaron una conversación con los padres de Jonatán. Éste se acercó a la cama de su amigo.

—¿Por qué no me llamaste? Te habría acompañado. Ya sabes que siempre puedes contar conmigo.

—Ya lo sé, de verdad, no creas que no me he arrepentido de no haberlo hecho. Pero te aseguro que tú tampoco podrías haber hecho nada contra ese hombre, ¡estaba enloquecido!

—¿Qué no? Seguro que los esquizofrénicos tienen lo mismo que tú y yo entre las piernas y una buena patada le habría dejado *K.O.*

Los dos se rieron imaginando la escena.

—¿Qué tienes ahí? —preguntó Jonatán, señalando la agenda que Daniel había dejado en la mesilla cuando entraron en la habitación.

—Es la agenda de mi padre. La encontré en la consulta y me la voy a quedar.

—Vaya, ¿y qué tiene?

—Pues hay de todo. Anotaciones sobre reuniones, citas y, lo más importante, teléfonos de amigos, pacientes y otras personas.

—¿Y por qué es importante?

Como siempre en estas situaciones, Daniel esperó unos segundos antes de contestar, provocando la impaciencia de su amigo. Después le hizo un gesto para que se acercara y le habló en voz baja sin disimular su emoción.

—Esta agenda me ha ayudado a recordar algo que había olvidado. Y, además, he encontrado algo que confirma todas mis sospechas. ¡Ya lo tengo, Jonatán!

—¿El qué?

Jonatán estaba sorprendido, mientras Daniel disfrutaba haciéndole esperar. Además, pensaba en la llamada que tenía que hacer a su amiga Laura. No le podía decir nada a Jonatán. Tenía que mantenerlo en secreto, por lo menos de momento.

—¿Te acuerdas de las piezas que no encajaban?

—Sí, claro, ¿qué pasa?

—He encontrado el hilo de la madeja…

El Ave Fénix

Laura llegó corriendo a la puerta de la cafetería. Se había retrasado más de la cuenta por culpa de su hermano, aunque no le podía reprochar nada, ya que gracias a él podía quedar cada mes con su amiga Gema, una periodista que trabajaba en el periódico toledano *La provincia* como jefa de la sección local. Dos años antes, el periódico convocó un concurso de reportajes para que los jóvenes escribieran sobre lugares históricos y misteriosos de sus pueblos. Laura comenzó a investigar sobre una misteriosa cruz que se encontraba a las afueras del pueblo donde vivía, Lillo. Fue en ese momento cuando conoció a Jonatán y a Daniel, que habían llegado al pueblo de vacaciones para pasar unos días en casa de la abuela de Jonatán. Juntos comenzaron una increíble aventura que dio lugar al reportaje «El enigma de la lápida», con el que ganó el concurso. De esta forma, conoció también a Gema y, desde ese momento, estableció con ella una estrecha amistad a pesar de la diferencia de edad; Laura tenía 14 años y Gema había cumplido 30 el mes anterior. El reportaje fue todo un éxito y el periódico le ofreció la oportunidad de seguir escribiendo con la intención de acercarse a los más jóvenes. Pero las aventuras vividas junto a sus amigos no terminaron ahí. Continuaron con dos reportajes más: «El manuscrito perdido» y «El secreto del peregrino», en los que Laura no hizo otra cosa que reflejar las increíbles aventuras y los peligros que los tres experimentaron. Gema fue de gran ayuda en todo momento, no sólo en la realización de los reportajes, sino también cuando sus vidas llegaron a estar en serio peligro.

Desde entonces habían seguido viéndose, normalmente una vez al mes. El periódico de Gema tenía su sede en un pueblo situado a varios kilómetros de Lillo, por lo que Laura le pedía a su hermano el favor de acompañarla. Siempre quedaban en esa cafetería y hablaban sobre todo tipo de temas. Gema sabía escuchar y dar buenos consejos. Laura estaba deseando hablar con ella, tenía noticias frescas que compartir. Había recibido una misteriosa llamada de su amigo Daniel y tenía que comentárselo, además de pedirle algo.

Cuando entró en la cafetería se encontró con Mario, el camarero; un joven muy particular que era un maestro en el arte del cotilleo. Cuando Gema y Laura le conocieron se enfadaban constantemente con él, pero ya se habían acostumbrado a su carácter y hasta les resultaba divertido. El camarero se acercó a Laura y comenzó hablar en voz alta, sin importarle que le escucharan las personas que se encontraban en el local.

—Tranquila, Laura, no te apures por llegar tarde, tu amiga ha estado todo el tiempo hablando por teléfono.

—Ah, vale, gracias —contestó con desgana, intentando quitárselo de encima, aunque ya sabía que eso resultaba una empresa casi imposible.

—Por cierto, vaya mosqueo que tiene.

Mario se quedó en silencio esperando la respuesta de Laura, pero como ésta comenzó a andar en dirección a la mesa de Gema y no parecía interesada en lo que le decía, siguió hablando.

—Han vuelto a rechazarle en otro trabajo. Y ya van unos cuantos. Lo siento por ella, es tan inteligente, y tan guapa…

El camarero se calló cuando Laura se dio la vuelta y le dirigió una mirada asesina que le quitó las ganas de seguir hablando. Mario disimuló y se fue detrás de la barra, mientras que Laura llegó a la altura de Gema. La periodista estaba mirando por la ventana, se la notaba preocupada.

—Hola, Gema, ¿cómo estás? Siento haberme retrasado, pero ya sabes cómo es mi hermano. ¡La puntualidad no es lo suyo!

Gema la miró con una sonrisa y quitó su bolso de la silla de enfrente para que Laura pudiera sentarse.

—No te preocupes. No me he estado aburriendo, precisamente.

—¿Malas noticias?

—Imagino que ya te ha informado Mario, ¿no?

—Pues sí, ya sabes cómo es; seguro que tendría trabajo como espía en el CNI.

—¡Necesitarían miles de analistas para atender toda la información que sería capaz de recoger!

Laura sonrió y se alegró de que su amiga mantuviera su buen humor. Gema siguió hablando, ahora con un tono más serio.

—Me han contestado de la entrevista que tuve la otra semana. Como siempre, otra vez me han dicho que soy muy buena periodista, que han valorado de forma muy positiva mis trabajos, pero que es un mal momento y están realizando recortes de personal. La contestación estándar. Parece que se han puesto todos de acuerdo.

Gema llevaba varios meses intentado encontrar trabajo en algún periódico nacional de Madrid. Creía que ya era el momento de dar el salto a un periódico más importante, pero estaba encontrando muchos obstáculos.

—¿Y qué vas a hacer ahora?

—Pues esperar, ¡qué remedio! Aunque también es verdad que no puedo quejarme, tengo un trabajo y eso es algo que no todo el mundo puede decir en estos días. Así que, en primer lugar, tengo que estar agradecida.

—¡Tienes toda la razón, Gema! Yo pienso lo mismo —Mario las interrumpió con su brusquedad habitual—. Trabajo como un animal, mi sueldo no es para tirar cohetes, pero ¡cualquiera se queja con la que está cayendo! Además, tengo el privilegio de ver a bellezas deslumbrantes como las vuestras. ¿Quién puede pedir más?

Gema y Laura le miraron desafiantes; Mario sonrió.

—¡Vale, vale! Ya no os diré nada. Vosotras os lo perdéis, hay mujeres que matarían porque alguien les dijera estos piropos.

—A mí también me entran ganas de matar algunas veces, ¡pero a ti!

—¡*Touché*, Gema!

—¿Tú qué? —preguntó Laura.

—Nada, este Mario, que nos ha salido cosmopolita.

—Pues sí, estoy estudiando francés, el idioma del romanticismo…

—Nos parece muy bien, pero ¿puedes traernos lo de siempre, por favor? —pidió Gema de forma cortante.

—¡Insensibles! —exclamó Mario, dándose la vuelta y haciéndose el ofendido.

—Al final le vamos a coger cariño —comentó Laura.

—Sí, pero muy, muy al final.

Rieron de nuevo.

—Y, cambiando de tema, ¿tú cómo estás?

—Pues no te lo vas a creer, pero me ha llamado Daniel.

—¿Daniel?, ¿cómo está? No le veo desde el entierro de su padre. ¿Su madre sigue igual?

Laura la puso al día de la situación, repitiendo lo que Daniel le había contado. Gema la escuchaba con mucha atención.

—Vaya, ¿cree que lo de sus padres puede que no haya sido un accidente?

—Pues sí, y he aprendido a fiarme de las intuiciones de Daniel.

—¿Y Jonatán?, ¿te ha dicho algo sobre él?

Laura negó con la cabeza. El gesto de su cara cambió, volviéndose triste. En unos segundos pasaron por su mente varias imágenes en las que recordó todo lo que había pasado entre los dos. Laura se hizo muy amiga de Daniel y Jonatán y sabía que les gustaba a los dos. En un principio, se sintió atraída por Jonatán y poco después también empezó a sentir algo por Daniel. Estuvo confundida durante un tiempo, hasta que finalmente se decidió por Jonatán. Comenzaron a llamarse y salieron juntos varias veces cuando Jonatán estaba en el pueblo, pero Laura llegó a la conclusión de que todavía era demasiado joven para pretender tener algo serio con alguien. Su madre siempre le aconsejaba no tomar a la ligera la decisión de salir con chicos en un plan que fuese más allá de la simple amistad. Era cierto que todas las series de televisión trataban el tema con total frivolidad, animando a los adolescentes a pensar solamente en salir con chicas o chicos, tratándolos como simples objetos sexuales. Laura sabía que su madre tenía razón, tenía 14 años y era muy joven todavía. Habló con Jonatán y éste pareció entenderlo en un principio, aunque por su comportamiento posterior pudo ver que realmente le había dolido. Decidieron seguir siendo amigos, pero durante los últimos meses solo habían hablado algunas veces por teléfono, y únicamente porque ella le había llamado. Él se había mostrado en todo momento frío y distante. Tenía la esperanza de que hubiese cambiado de actitud y volvieran a ser buenos amigos, como antes. No quería perder una amistad tan importante como la suya. Laura había sufrido mucho con este tema, también por las burlas de sus compañeras de instituto, que decían que era una antigua y que iba para monja. Pero ella sabía que hacía lo correcto y estaba dispuesta a ir a contracorriente, aunque algunas veces no fuese fácil.

—¡Hola! ¡Estoy aquí!

Laura salió de su letargo con las palabras de Gema. Ésta la miró con cariño, adivinando sus pensamientos.

—No hace falta que me digas nada, sólo con verte la cara ya sé lo que estabas pensando. No te preocupes, estás haciendo lo mejor. Jonatán es un buen chico y terminará por comprenderlo. Ya verás como dentro de poco volveréis a ser buenos amigos.

—¡Eso espero!

—¿Sabes?, te admiro, Laura. Si yo hubiese tenido tu misma fuerza de voluntad cuando tenía tu edad, me habría ahorrado muchos disgustos y decepciones.

—¡Eso es porque no has salido conmigo, *mon amour*! —volvió a interrumpir Mario con su particular don de la oportunidad.

Dejó la bandeja en la mesa y comenzó a servirles mientras ellas no podían evitar reírse con sus ocurrencias. Cuando terminó, se dirigió nuevamente a Gema con tono seductor.

—Ya lo sabes, nena, la puerta sigue abierta…

—¿Sí? Pues ten cuidado, no vaya a cerrarse en tus narices, ¡eso duele mucho!

El camarero se dio nuevamente la vuelta con una sonrisa dibujada en su cara.

—Al final nos hemos ido del tema, ¿qué te ha pedido Daniel?

—Quiere saber la dirección de un tal Hastings, cree que puede estar relacionado con el accidente de sus padres.

—¿Hastings? ¡Qué nombre más raro!

—Sí, dice Daniel que es algo muy curioso. Ya sabes que él es fan de Hércules Poirot, pues adivina cómo se llama el ayudante que le acompaña en todas las novelas…

—¡Hastings!

—¡Exacto! Es como el Watson de Sherlock Holmes.

—Sí, es curioso. Pero, más allá de la coincidencia, ¿por qué es importante esa persona?

—Aquí viene lo más interesante. Daniel descubrió algo extraño en las facturas del móvil de su padre. Siempre llamaba al mismo número, cada dos días y a la misma hora. Y, lo que es aún más enigmático, llamó a ese mismo número poco antes de tener el accidente.

—Es extraño, sí, pero ¿qué tiene que ver ese número con Hastings?

—Posteriormente, Daniel encontró la agenda de su madre en la consulta, ya sabes, cuando le asaltó ese hombre. Se puso a mirarla por si encontraba algo de interés y… ¡allí estaba lo que él llama «el hilo de la madeja»!

—¡Típico de Daniel! Siempre tan teatral. Seguro que lo hace de forma inconsciente, pero cada vez se parece más a Poirot. Sólo le falta el bigote y los trajes cursis.

—¡No, por favor, sería horrible!

—¿Y cuál es ese hilo de la madeja?

—En la agenda aparecía un tal Hastings y un número de teléfono.

Gema miró a Laura cada vez más intrigada.

—¡No sigas!, y ese número es el mismo que aparece en las facturas, ¿no?

—¡Exacto!

—Curioso, realmente curioso…

Gema se giró hacia la ventana con la mirada perdida, intentando asimilar lo que había escuchado. Laura interrumpió sus pensamientos.

—Daniel dice que necesita saber quién es ese tal Hastings y averiguar su dirección. Me ha comentado que como tú eres periodista y tienes contactos…

Gema siguió pensativa, hasta que se volvió hacia Laura con gesto decidido.

—¡Creo que conozco a la persona adecuada! En más de una ocasión me ha ayudado a encontrar información confidencial.

—¿Quién es?

—Ya sabes que una buena periodista no puede desvelar sus fuentes. Es algo que debes grabártelo con fuego para no olvidarlo.

Laura encogió los hombros sin mostrarse muy conforme con la respuesta. La llegada de Mario hizo que suspirara. Sin embargo, en esta ocasión no se dirigía hacia la mesa, sino que pasó de largo, aunque aprovechó para dejarles una de sus típicas frases.

—Vaya, vaya. Mi periodista favorita tiene un confidente y va a infringir la ley. No te preocupes, si te detienen, ¡yo pagaré la fianza!

Gema le siguió con la mirada haciendo gestos con la cabeza. Después se volvió haciendo una seña de complicidad a Laura y siguió hablando como si no hubiese escuchado nada.

—Dile a Daniel que haré todo lo posible por encontrar la dirección, pero que tampoco puedo prometerle nada.

—Gracias, de verdad. Seguro que se va alegrar, aunque hoy le he notado muy animado.

—Pues es algo meritorio, con todo lo que está sufriendo…

—Me ha dicho que está dispuesto a descubrir lo que está pasando. Lo va a hacer por sus padres. Lo que le pasó con ese hombre esquizofrénico le dejó muy preocupado. Sabía que pasaba algo raro, que había piezas que no encajaban, pero con el golpe había olvidado algunas claves.

—¿Y ya está bien? Esos golpes en la cabeza pueden resultar muy peligrosos.

—Sí, sí, ya está totalmente recuperado. Cuando encontró el nombre de Hastings y vio el número, vino a su mente todo lo que había olvidado. Dice que está preparado para luchar y para descubrir la verdad.

—Y nosotras le vamos a ayudar en todo lo que podamos. Creo que dentro de poco podríamos hacer un viaje a Madrid, ¿qué te parece?

—¡Genial! Así podremos ver a Jonatán y al Ave Fénix.

—¿Al Ave Fénix?

—Sí, así es como me ha dicho Daniel que se siente. Como el Ave Fénix que ha resurgido de sus cenizas.

—¿Ves lo que te decía? Ponle un bigote, un sombrero y un traje…

Las dos se volvieron al escuchar la voz de Mario desde detrás de la barra.

—¡Gema! Si te gusta, yo puedo dejarme un bigote como el de Dalí.

Noticias desde la otra vida

Daniel terminó de hablar con Laura y entró en la habitación de su madre. Solo había estado ingresado 24 horas, ya le habían quitado el vendaje y le acababan de dar el alta en la planta de abajo, ya que había estado en el mismo hospital que su madre. Esta vez, y sin que sirviera de precedente, no iba a contarle nada del asalto en la consulta, no quería preocuparla de forma innecesaria.

La conversación con Laura le había dejado una sensación de satisfacción. Estaba seguro de que Gema aceptaría ayudarle y encontraría a Hastings. Era una gran periodista y tenía buenos contactos. Lo que Daniel no podía entender era cómo no la habían contratado ya en algún periódico nacional, pero bueno, este mundo es así de injusto. También se había sentido algo triste al oír la voz de su amiga. Sabía que Jonatán aún seguía enfadado con ella y él se encontraba en medio; entre la espada y la pared. Decidió que hablaría con él seriamente para que dejara de comportarse como un niño y todo volviera a la normalidad.

Se quedó en la puerta de la habitación observando a su madre. Ya no le quedaban secuelas físicas del accidente. Por fuera, en apariencia, todo estaba bien, pero el problema estaba en su interior, en su cerebro. Daniel se acercó a la cama y se sentó al lado de la cabecera. Acarició su cara.

—¿Cómo estás, mamá?

Le dio un beso y siguió hablando.

—¿Sabes? Acabo de hablar con Laura. Le he pedido un favor. Necesito que encuentre a un hombre llamado Hastings.

Daniel miró a su madre, esperando ver alguna reacción, alguna señal de que estaba escuchando. Pero era inútil, seguía rígida, sin moverse.

—Sé que me estás escuchando, estoy seguro. Los médicos no saben qué te pasa, pero yo sé que estás ahí, aunque no puedas contestarme. Es curioso, cuando estabas en casa, yo casi no hablaba, me encerraba en la habitación a leer y casi no salía. Tú intentabas hablar conmigo, te preocupabas por mí, también papá; pero yo me metía en mi mundo. La edad del pavo lo llaman, ¿verdad? Algo típico de los jóvenes de mi edad, ¿no? Y ahora es al revés. Estoy deseando venir a verte y poder contarte todo lo que me pasa, lo que me preocupa, decirte que te quiero… ahora siento no haberlo hecho antes; pero bueno, sé que me escuchas, así que todavía estoy a tiempo de redimirme.

Se quedó en silencio, secándose las lágrimas que empezaban a aparecer en sus ojos.

—Estoy encontrando pistas que no entiendo muy bien, pero me hacen pensar que ocurrió algo extraño en vuestro accidente. No sé qué es, pero te aseguro que lo voy a descubrir. Si lo que os pasó fue un accidente, si alguien os hizo esto, lo encontraré, te lo prometo. Lo haré por papá y por ti. Y no te preocupes por mí, no va pasarme nada.

En ese momento ya no pudo contenerse y comenzó a llorar desconsoladamente. No quería que su madre le escuchara y salió al pasillo. Cerró la puerta y se quedó apoyado en ella intentando tranquilizarse. Un chico se le acercó, Daniel le reconoció, era el hijo del paciente de la habitación de al lado. Más o menos tendría su edad.

—¿Estás bien?

—Sí, gracias, no es nada, ya se me ha pasado.

—¿Es tu madre? —preguntó, señalando hacia la puerta.

—Sí, está en coma.

—Ya, no pienses que soy un cotilla, pero te he visto varias veces hablando con ella. Mi padre dice que se emociona cuando te escucha, pero que si él estuviera en la misma situación que tu madre querría que le desconectaran. Dice que prefiere morir tranquilo a prolongar la agonía.

Daniel se sintió ofendido.

—Pues dile a tu padre que me parece muy bien, pero que no tiene ni idea de lo que le pasa a mi madre.

—Está en coma, ¿no?

—Sí, pero no está moribunda, ni en agonía. Los médicos no pueden explicar su estado.

—¿Y hablas con ella?

—Sí, y estoy seguro de que me escucha, ¿pasa algo?

—No te enfades. Perdóname, no quería molestarte. Yo tampoco estoy de acuerdo con mi padre. Si estuviera en tu lugar, haría lo mismo, haría todo lo posible para mantenerlo con vida.

Daniel se quedó pensativo.

—Supongo que hay casos y casos. Estos meses he escuchado hablar a mucha gente en el hospital sobre personas que se niegan a morir, o familiares que no aceptan que sus seres queridos se les vayan. Yo no sé lo que haría en tu lugar, pero imagino que en esos casos lo mejor es aceptar la realidad y no forzarlo, ¿no?

—No sé, prefiero no pensarlo.

—¿Tu padre está muy mal?

—No, tuvo un derrame cerebral, pero se ha recuperado bien. Ha sido casi milagroso.

—Me alegro —comentó Daniel con sinceridad—. De todas formas, una cosa es lo que se dice ahora y otra cuando llega el momento. Leí hace poco sobre un hombre que estaba en coma por un accidente de moto. Le había dicho a su familia que si se producía una situación así quería que lo desconectaran. Cuando los médicos estaban a punto de hacerlo, pudo mostrar que estaba consciente por un movimiento de los ojos. Le preguntaron si quería que le desconectaran y, ¿sabes lo que contestó?

—¿Qué?

—¡Pues que quería seguir viviendo!, ¿qué te parece? Dicen que salvó la vida por un guiño.

—¡Qué fuerte! La próxima vez que mi padre empiece con sus historias, se lo contaré. Ya verás, se va a quedar alucinado.

El chico se despidió y Daniel se quedó pensando en todo lo que habían estado hablando. Sabía que sus vidas estaban en manos de Dios y Él era quien tenía la última palabra. Era cierto que había situaciones difíciles en las que los familiares y los médicos tenían que tomar decisiones complicadas, pero no era su caso. Mientras que no se demostrase lo contrario, su madre estaba viva y tenía la seguridad de que podía oírle.

Prefirió no seguir pensando en ese tema y cogió el móvil para consultar su correo. Sus abuelos le habían regalado un móvil nuevo que tenía las últimas prestaciones. Aunque no le gustaba mucho la tecnología, reconocía que ese móvil era muy útil, especialmente para consultar su correo sin tener que estar en casa. Seguro que Jonatán le sabría sacar todo el partido; era un auténtico genio de la informática. Entró en su cuenta de correo y vio que tenía un mensaje de entrada. Era de un remitente desconocido, pero se quedó petrificado cuando leyó el texto del asunto. Entró para leer el mensaje y palideció; no podía creer lo que estaba leyendo.

—¡No puede ser! Esto tiene que ser una broma.

Se quedó mirando el mensaje un buen rato, como hipnotizado. Después, reaccionó de forma violenta. Buscó el número de Jonatán y le llamó, necesitaba hablar urgentemente con él.

Jonatán esperaba en su habitación, desahogando su impaciencia jugando con un cubo de Rubik. Habían pasado varias horas desde la llamada de su amigo y seguía desconcertado por el tono nervioso que había notado en su voz. Daniel estaba muy alterado y, con mucha prisa, le había pedido que buscase información en Internet sobre una página web con un extraño nombre en inglés. No le dio más explicaciones, cosa que confundió a Jonatán, pero cuando comenzó a recopilar datos sobre esa web su desconcierto fue en aumento. Ahora se encontraba realmente inquieto, deseando que su amigo llegase para que le aclarase de una vez por todas lo que estaba pasando. Sonó el timbre y escuchó los pasos de su madre dirigiéndose a la entrada. No tuvo que esperar mucho para observar cómo la puerta de su habitación se abría y entraba Daniel con cara de haber visto un fantasma.

—¿Has encontrado algo? —le preguntó de forma atropellada.

—Se saluda y esas cosas, ¿eh? —contestó Jonatán mientras seguía concentrado en el cubo.

—No estoy para bromas, ¿de acuerdo? ¿Qué has averiguado sobre esa web?

—¡Espera un momento, que estoy a punto de batir mi récord!

Jonatán era un fanático del cubo de Rubik. Se tiraba horas practicando y había establecido su récord en dos minutos cuarenta segundos. Muchas veces había intentado aficionar a Daniel al juego y así poder competir con él, pero no había forma. Su amigo lo consideraba una pérdida de tiempo. Decía que no estaba dispuesto a desperdiciar sus células grises en cosas triviales.

Daniel esperó unos segundos y, al comprobar que su amigo seguía jugando, le arrancó el cubo de las manos.

—¡Esto es urgente!, ¿vale? ¿Me puedes decir qué has descubierto?

Jonatán iba a protestar, pero al ver que su amigo estaba tan preocupado, decidió no dar importancia a su tono impertinente y contarle lo que había descubierto.

—Nunca antes había oído hablar de esa página web, pero he podido comprobar que es todo un éxito. Hay miles de personas que han abierto cuentas con ellos. ¡Quien esté detrás de ese invento se está forrando!

—¿Y se dedican a eso…?

Jonatán cogió varios papeles que había en la mesa de su ordenador y se los entregó.

—Sí, es tal y como me dijiste. He imprimido estas hojas para que lo veas. ¡Es increíble!

Daniel comenzó a leerlas, pero Jonatán no pudo evitar adelantarle su contenido.

—Gracias a esta web puedes enviar todo lo que quieras después de muerto. El sistema es muy fácil. Abres una cuenta con ellos y dejas las instrucciones sobre lo que quieres hacer. Puedes enviar mensajes, fotos, videos o lo que quieras.

—¿Es legal? —preguntó Daniel a la vez que leía.

—¡Totalmente! Aunque ya sabes cómo es Internet, tiene muchas lagunas que se irán arreglando con el tiempo.

—¿Y es fiable?

—Totalmente. Los datos sobre la persona que tiene la cuenta se mantienen confidenciales hasta el final.

—Entonces, no se puede suplantar la personalidad de otro, ¿no?

—Para nada.

—¡Es una idea genial!

—Sí, es increíble, aunque creo que esto es de cobardes. Hay gente que lo está utilizando para vengarse de otros después de muertos. Ya sabes, le envías un video o una foto comprometida a alguien, y esa persona no puede hacer nada contra ti porque ya estás muerto. O también para decirle a alguien lo que no te has atrevido a decirle en vida. A mí eso no me va, ¡las cosas se dicen a la cara!

—Ya, aunque también puedes usarlo de otra forma…

Daniel no continuó hablando y siguió leyendo las hojas. Jonatán empezaba a desesperarse.

—Y ahora que ya lo sabes todo, gracias a mi ayuda —dijo, remarcando cada sílaba—, y ya que no te has dignado a darme las gracias, ¿me vas a contar por lo menos qué tiene que ver esta web contigo?

Daniel dejó de leer, levantó la mirada y, por fin, reaccionó.

—Lo siento, Jonatán, por supuesto que te lo agradezco. Perdóname, pero es que me he quedado bloqueado, necesitaba respuestas.

—¿Pero qué ha pasado?

—He recibido en mi cuenta de correo un mensaje de mi padre.

Si Jonatán hubiese escuchado estas palabras unas horas antes, habría pensado que su amigo se estaba volviendo loco o que le estaba gastando una broma, eso sí, de muy mal gusto. Pero después de lo que había leído sobre esa web, se tomó muy en serio lo que le estaba contando y se quedó paralizado, mientras un escalofrío recorría su espalda.

—¿Estás seguro? —preguntó con voz temblorosa.

—Mira.

Le enseñó el móvil y Jonatán leyó el mensaje, mostrándose extrañado.

—Me suena, pero no sé lo que es.

—Son dos versículos de la Biblia. Están en primera de corintios, capítulo catorce, versículos once y doce: «Cuando yo era niño, hablaba como niño, pensaba como niño, juzgaba como niño; más cuando ya fui hombre, dejé lo que era de niño. Ahora vemos por espejo, oscuramente, mas entonces veremos cara a cara».

—¿Qué significa esto?

—No lo sé, pero, ¿te das cuenta? —dijo Daniel con los ojos llenos lágrimas—. ¡Mi padre me escribió este mensaje antes de morir!, ¡a mí!

Jonatán estaba aturdido. Lo que antes le parecía tan original, ahora le producía escalofríos. ¡Era como si los muertos pudiesen hablar! Observó a su amigo, intentado comprender lo que podía sentir en ese momento.

—¿Qué piensas, Daniel?

—No sé, esto es muy raro. No me puedo creer que esté leyendo un mensaje de mi padre.

Se quedaron un rato en silencio, ya que Daniel seguía pensativo y a Jonatán no se le ocurría nada que decir, estaba desbordado por la situación. Por fin, Daniel rompió el hielo.

—¿Recuerdas que mi padre era muy aficionado a los enigmas?

—Sí, nos lo pasamos genial en aquel cumpleaños que jugamos a quién era el asesino —contestó Jonatán con una sonrisa—. Éramos diez, ¿no? Y si no descubríamos quién era el asesino, moriríamos todos uno a uno.

Daniel recordaba aquel día perfectamente. Fue en su decimosegundo cumpleaños. Había invitado a nueve de sus amigos y su padre preparó un juego policiaco al estilo de la novela *Diez negritos*, de Agatha Christie. Su padre sabía que era una de sus novelas preferidas, a pesar de que no aparecía Poirot. Lo preparó todo de forma magistral, les asignó a cada uno de ellos un personaje y comenzó un juego increíble que todos disfrutaron a lo grande. Fue un cumpleaños inolvidable.

—Tu padre se lo curró, vaya si se lo curró.

—Sí. ¿Te acuerdas de la cara que puso Fernando cuando se dio cuenta de que era la primera víctima?

—Fue buenísimo, aunque casi no me dio tiempo a reaccionar, porque yo fui el siguiente. Y habríamos muerto todos, si no hubiese sido por ti.

—Tengo que reconocer que me costó un poco descubrir al asesino, mi padre lo había preparado todo con mucho cuidado.

Durante unos instantes los dos amigos rememoraron aquel día. Casi se veían en la casa de Daniel junto con el resto de amigos.

—¿Hizo más juegos como ése?

—No tan elaborados, pero sí que le encantaba prepararme enigmas para que yo los descifrara. Se inventaba adivinanzas o mensajes cifrados y yo tenía que resolverlos.

—¡Qué imaginación!

—Sí, y creo que este mensaje es otro enigma que mi padre quiere que descifre.

Hubo un silencio que se alargó durante varios segundos.

—Ahora sí que estoy seguro de que no fue un accidente. Mi padre sabía que podía morir y por eso dejó este mensaje, para que yo lo recibiera si él desaparecía.

—¿Estás seguro? No sé. Es, es… —Jonatán intentaba expresarse casi tartamudeando— es que no lo entiendo, ¿por qué no te lo dijo cuando estaba vivo?

—Imagino que porque no estaba seguro de que pudiera pasarle algo.

—¿Y por qué te escribió estos dos versículos?

—Tiene que ser un mensaje cifrado, un enigma que tengo que resolver. Mi padre se tomó muchas precauciones para que nadie descubriera lo que me quería decir.

—¿Y por qué te lo han enviado tantos meses después de que muriese?

—Es raro, pero creo que mi padre lo tuvo que dejar así especificado, ¿no? Seguramente sea por seguridad, supongo que quería evitar levantar sospechas. No sé, seguro que encontraremos la respuesta.

Jonatán se quedó mirando a su amigo sin poder salir de su asombro.

—No me lo puedo creer, Daniel.

—¡Pues yo sí! Mi padre puso su confianza en mí, y no le voy a fallar. Tengo que descifrar este mensaje y averiguar qué quiso decirme.

—¿Qué crees que puede ser?

—Si es cierto que mis padres no sufrieron un accidente, espero que este mensaje me desvele el nombre de su asesino —dijo Daniel con un tono de voz que dejó la habitación en un silencio sepulcral.

Ahora vemos por espejo

Cuando Daniel llegó a casa de sus abuelos, estaba destrozado. Se sentía agotado física y psicológicamente. Habían sido demasiadas emociones, difíciles de asimilar. En otras circunstancias se habría ido directamente a la cama, pero no podría dormir. No pararía hasta que resolviese el enigma. Necesitaba hablar con sus abuelos, aunque debía tener cuidado, todavía no deseaba comentarles nada sobre sus sospechas. Si su padre le había enviado el mensaje sólo a él, era porque no quería que nadie más se enterase. Cuantas más personas lo supieran más fácil sería que a alguno se le escapara algún dato y, por lo que Daniel se estaba temiendo, había alguien al acecho, buscando algo que podría estar relacionado con este mensaje. No sabía muy bien qué estaba pasando, pero tenía claro que su padre se había tomado muchas molestias para enviarle ese correo, y él iba a ser muy prudente para no echarlo todo a perder.

Encontró a sus abuelos cenando. Como siempre ocurría cuando llegaba tarde, su abuela se había encargado de dejarle preparada su cena en el microondas, justo para calentar. Daniel se sentó junto a ellos y, después de contarles cómo le había ido el día, eso sí, omitiendo lo más importante, comenzó con sus preguntas, intentando no parecer demasiado interesado en obtener respuestas.

—¿Sabéis?, estoy intentado acordarme de cuáles eran los versículos favoritos de mi padre. Recuerdo que siempre mencionaba uno del Evangelio de Juan, cuando Jesús dijo: «Yo soy la resurrección y la vida, el que cree en mí, aunque esté muerto vivirá».

Su abuela le miró emocionada.

—Sí, ése fue siempre su favorito. Es un versículo que cobra nuevo sentido ahora, ¿verdad?

Daniel asintió, su abuela tenía razón, pero no podía permitir que la conversación se desviara, debía continuar con sus preguntas.

—Estoy intentando recordar más y solo se me ocurre el que aparecía en el cuadro de la entrada: «Bienaventurados los que tienen hambre y sed de justicia porque ellos serán saciados» —comentó Daniel, mirando expectante a sus abuelos.

—Sí, es cierto, recuerdo una vez que tu amigo Jonatán comentó que ese versículo también era su preferido —comentó Pedro con una sonrisa.

—¿Ah, sí? —preguntó Daniel con curiosidad—, no me acordaba.

—Pero lo decía por eso de tener hambre y ser saciados, ¡como es tan comilón!

Los tres rieron, pero Daniel recuperó nuevamente la seriedad, dispuesto a seguir indagando.

—Y cuando mi padre era más pequeño, ¿tenía algún versículo preferido?

Su abuelo se quedó pensativo; luego comenzó a recordar.

—Además del que he te comentado del Evangelio de Juan tenía otro, ¡ahora me acuerdo!

Daniel se incorporó en la silla con la esperanza de tener la respuesta que buscaba. En un principio, sus abuelos habían mostrado su sorpresa por la pregunta, pero ahora estaban empezando a recordar con nostalgia y cariño. Su abuela siguió hablando.

—Desde pequeño hubo un versículo que le encantó, se trata de: «En todo tiempo ama el amigo y es como un hermano en tiempo de angustia». Siempre decía que él quería tener un amigo así.

Daniel se emocionó al darse cuenta de que su amistad con Jonatán se parecía mucho a ese versículo.

—¿En qué libro de la Biblia está?

—En Proverbios.

Las respuestas de su abuela le dejaron decepcionado, así que volvió a intentarlo de nuevo.

—¿Y no tenía alguno más?…

—Sí —respondió su abuelo en esta ocasión—: «Amarás al Señor tu Dios con todo tu corazón, con toda tu mente y con toda tu alma». Todavía recuerdo a tu padre leyendo este versículo en voz alta en su habitación. Le gustaba desde muy pequeño, con menos de ocho años, cuando se lo enseñaron en la escuela dominical.

—Es verdad, se sentaba en la mesa de su habitación, donde tú duermes ahora, y se ponía a leer él solo; parecía una persona mayor. Es como si lo estuviese viendo.

—De hecho, Daniel, la mesa que está en la habitación es la misma que usaba él cuando era pequeño.

—¿Sí? —preguntó Daniel con gran interés.

—Menos la cama, el resto de la habitación conserva los mismos muebles que usó tu padre.

Daniel se quedó pensando en estas últimas palabras, pero rápidamente volvió a concentrarse en los versículos. El que comentó su abuelo tampoco era, pensó para sí, aunque sin darse cuenta, dijo la última frase en alto.

—Tampoco es ése…

—¿Cómo?, ¿pero qué es lo que quieres exactamente?

Daniel se dio cuenta de que había metido la pata e intentó reconducir la situación.

—No, nada, abuelo. Es que hay un versículo que me da vueltas y quería saber si era el favorito de mi padre.

—¿Cuál?

—Primera de Corintios, capítulo trece, versículos once y doce.

—No sé cuál es, ¿qué dice exactamente?

Daniel les recitó los dos versículos, pero sus abuelos no recordaban que fuesen importantes para su padre. Comenzó entonces un interrogatorio por parte de ellos, intentando averiguar qué estaba tramando, y como Daniel sabía que especialmente su abuela era implacable y terminaría sacándole toda la información, decidió retirarse a su habitación antes de que fuese demasiado tarde. Sus abuelos tuvieron piedad de él y le dieron una tregua, aunque estaba seguro de que al día siguiente volverían a la carga.

Entró en su habitación dándole vueltas al asunto de los versículos. Tenía la esperanza de que sus abuelos supieran algo sobre los que le había enviado su padre, pero había sido inútil, no tenían ningún significado especial. Ahora sí que Daniel no entendía nada, estaba nuevamente bloqueado, aunque lo que sus abuelos le habían comentado sobre su padre le llegó al corazón. Miró su mesa y se lo imaginó leyendo con ocho años. Se quedó un rato dejando volar su imaginación. Encima de la mesa estaba la jaula con su hámster, un regalo de su abuelo Emilio. Daniel lo llamó *Book*. Desde que se lo regaló un año antes, se había convertido en su compañero de confidencias.

—¿Cómo estás, Book? —preguntó, acercándose a la jaula— Tienes que ayudarme, compañero. Estoy hecho un lío y necesito ayuda.

El hámster comenzó a trepar por la jaula muy agitado. Daniel siguió hablándole, pero el animal recorría la jaula enloquecido.

—Book, perdona que te lo diga, pero creo que estás como una cabra. Estoy sospechando que eres hiperactivo. Creo que necesitas relajarte, ¿cómo se da un masaje a un hámster?

Al hablar sobre la relajación, Daniel se acordó de que guardaba un CD de música que era muy especial para su padre. Abrió el cajón de su mesilla y lo cogió. Era un CD del violinista André Rieu; su padre siempre lo escuchaba cuando se encontraba bloqueado por algo y necesitaba pensar. Daniel recordaba especialmente una canción: *Romance for Clara*. Su padre se encerraba en su habitación y ponía ese CD para concentrarse. Daniel solía oír la música desde su habitación y cuando llegaba esa canción dejaba lo que estaba haciendo para detenerse a escuchar. Tenía una melodía especial, era difícil de explicar. Esa música inspiraba a su padre y le ayudaba a aclarar sus ideas. Daniel decidió que iba a probar en esta ocasión, para ver si le ayudaba a pensar con más claridad.

—¡Compañero! Has sido de mucha ayuda, ¡gracias, Book!

Daniel dio un golpe en la jaula, cogió el CD y lo introdujo en el ordenador. Encendió los altavoces y se tumbó en la cama. Mientras la música del violín de Rieu llenaba toda la habitación con su sonido embriagador, Daniel, con los ojos cerrados, repasaba todo lo que había sucedido durante el día. Sus pequeñas células grises funcionaban a pleno rendimiento, intentando encontrar alguna clave, una pista que le abriese los ojos, pero no dio resultado. Sonó entonces la canción *Romance de Clara* y Daniel se relajó, dejando que la música le hablase. En medio de la canción, sin poder contener las lágrimas, miró hacia la mesa del ordenador. En ese momento, recordó las palabras que su abuelo le había dicho durante la cena: *menos la cama, el resto de la habitación conserva los mismos muebles que usó tu padre.* Su mente comenzó a trabajar de forma frenética, mientras observaba todos los muebles que tenía la habitación; el armario, una cajonera o la silla. Pero lo que verdaderamente llamó su atención fue el objeto situado en la pared, encima de la mesa del ordenador. El espejo. La canción de Rieu continuaba sonando, mientras las ideas se agolpaban en su mente. Ahora las palabras del apóstol Pablo en la Epístola a los Corintios se abrieron camino en su mente de forma clara: «Cuando yo era niño, hablaba como niño, pensaba como niño, juzgaba como niño; mas cuando ya fui hombre, dejé lo que era de niño. Ahora vemos por espejo, oscuramente, mas entonces veremos cara a cara». Al finalizar la canción, Daniel se dirigió rápidamente hacia el ordenador y detuvo la música. Ahora sólo existían unas frases en su mente, que se repetían sin parar: *Cuando yo era niño... mas cuando ya fui hombre, dejé lo que era de niño* y *ahora vemos por espejo.*

—¡No puede ser!, ¡lo tenía delante de mis narices! ¿Será posible...?
Daniel miró a Book.

—¿Y tú cómo no te has dado cuenta?

El hámster daba vueltas en la rueda de la jaula con una rapidez asombrosa. La jaula entera se tambaleaba por la velocidad que había cogido.

—Bueno, déjalo, ya veo que tú sigues a lo tuyo.

Se quedó mirando el espejo con curiosidad. Era cuadrado, de un metro de lado y con el marco dorado. Lo descolgó con algo de esfuerzo y lo depositó encima de la cama, dándole la vuelta. En la parte de atrás tenía una cubierta de contrachapado que Daniel miró con detenimiento.

La despegó de un lado con cuidado y la levantó hasta que pudo meter la mano. Cuando sus dedos tocaron una especie de papel su corazón dio un vuelco. Con todo el cuidado del mundo sacó de su interior un sobre marrón del tamaño de una cuartilla. Lo palpó y lo sacudió junto a su oreja, confirmando que había algo en su interior. Con solemnidad, como si estuviera realizando un ritual, cogió unas tijeras, rasgó el sobre con cuidado y sacó su contenido; un recorte de periódico y una fotografía. Daniel sentía cómo su corazón latía de forma acelerada.

Leyó con detenimiento la noticia del periódico, fechada el nueve de septiembre del año 2004. Hablaba sobre un descubrimiento realizado por la policía francesa en los subterráneos de París. Durante la realización de unas obras encontraron una caverna con la forma de un anfiteatro, con todo tipo de símbolos en la pared. En el suelo hallaron una nota: «No intentéis encontrarnos». La policía creía que pertenecía a una sociedad secreta, pero no consiguieron averiguar nada más. Así finalizaba la noticia, pero justo debajo alguien había dibujado varios signos de interrogación. Daniel estaba seguro de que los había escrito su padre. Después se fijó en la fotografía. Estaba bastante borrosa, pero se podía identificar a varias personas posando de forma desenfada, todos ellos hombres, cinco exactamente. Daniel acercó la foto a la lámpara de la mesa para ver sus caras. No se distinguía ninguna, era como si se hubiesen borrado cuando las revelaron.

Siguió observando la foto, intentado averiguar si alguno de esos hombres era su padre, pero le resultó imposible llegar a una conclusión por el mal estado de la imagen. Lo que sí pudo distinguir fue una serie de símbolos y cruces gamadas en la pared situada justo detrás de los hombres. También había un cuadro con un paisaje, aunque no se podía ver bien lo que había dibujado por el reflejo del flash. Rápidamente vinculó la foto con la noticia. Se quedó un rato en silencio, pensando. ¿Quiénes eran esos hombres? ¿Alguno de ellos podría su padre? ¿Qué relación tenían con la noticia? ¿Pertenecerían a la sociedad secreta que encontraron en París?

Se quedó pensativo. Estaba preocupado. No entendía qué relación podía tener su padre con lo que había encontrado. ¿Cómo había conseguido esa foto? y, ¿por qué había puesto esas interrogaciones en la noticia? Eran muchas las preguntas y pocas las respuestas; mejor dicho, ninguna. ¿Y para eso se había tomado su padre tantas molestias? No podía ser, tenía que haber algo más. Miró de nuevo dentro del espejo, pero no encontró nada. Repasó la foto, la noticia, intentado encontrar algún mensaje escondido, pero no encontró nada.

Colocó de nuevo el espejo en su sitio y se tumbó en la cama sin poder disimular su decepción. Tendría que mirar en Internet, buscar más información sobre la noticia de París. Estaba decepcionado, había descifrado el mensaje, pero lo que había encontrado no le aclaraba nada, es más, lo complicaba todo un poco más.

Seguía haciéndose nuevas preguntas que no podía responder. Se levantó en dirección al ordenador, cuando sonó el móvil. Era Laura, así que lo cogió con expectación.

—¿Sí?

—Hola, Daniel, ¿qué tal va todo?

—Bueno, normal…

—Tengo buenas noticias.

Daniel se sentó en la cama.

—Gema lo ha encontrado.

—¿Cómo?

—Sí, Daniel, tenemos la dirección de Hastings.

—¡Bien! —se levantó de la cama emocionado—. Espera, que cojo un papel y me la dices.

—¿Por qué no lo dejamos para mañana?

—¿Mañana?

—Sí, Gema tiene que ir a Madrid por la mañana y, bueno, digamos que me deja ir con ella. Por la tarde estará libre, así que podremos ir juntos a buscar a ese Hastings.

—No te enfades, Laura, me encantará verte, pero, ¿por qué no me das ya la dirección aunque nos veamos mañana?

—Gema no ha querido. Después de todas las cosas que nos han pasado, no se fía de nosotros. Dice que somos expertos en meternos en problemas, así que esta vez no está dispuesta a dejarnos solos.

—Supongo que no es negociable, ¿no?

—Me temo que no, así que tendrás que esperar a mañana. Pasamos por tu casa a las cinco, ¿vale?

—Está bien, muchas gracias, Laura, de verdad. Esto significa mucho para mí.

—Ya lo sé, por eso haré todo lo posible por ayudarte. Nos vemos mañana.

Daniel se sentó nuevamente en la cama y se quedó mirando el móvil. Pensó que, por lo menos, el día había terminado con buenas noticias. El mensaje de su padre había hecho que se olvidara de Hastings, pero éste volvía de nuevo a ser la pieza clave, el hilo de la madeja. Recordó entonces a Jonatán y se dio cuenta de que tenía que contarle lo del día siguiente, a pesar de que el encuentro con Laura iba a ser algo violento. Como le conocía y sabía que era muy cabezón, decidió quedar con él y contarle que ya tenía la dirección de Hastings, pero no comentarle nada sobre Laura. Se lo contaría un poco antes de la cita con ellas, para no darle oportunidad de dar vuelta atrás. Cogió el móvil y llamó a su amigo. Éste contestó con una voz rara, no se le entendía bien.

—¿Sí?

—¿Qué te pasa en la voz?

—Es que tengo la boca llena, estaba cenando…

—¿Y te has metido una vaca entera en la boca?

—No, pero casi. Bueno, ¿qué pasa?

—¡No hagas planes para mañana por la tarde! ¡Gema lo tiene!

—¿El qué?, ¿quieres dejar de hablar en clave?

—¡Vamos a por Hastings!

—¿Cómo? ¿Qué me estás contando?, ¿qué vamos a un *casting*?

Daniel se quedó mirando su rostro en el espejo, mientras suspiraba y se disponía a armarse de paciencia para hablar con su amigo. Quedó con él para el día siguiente y terminó la conversación.

—Book, mañana va a ser un día muy complicado, deséame…

La frase de Daniel se vio interrumpida por el ruido de la jaula al caer en el suelo. La velocidad alcanzada por el hámster la había movido hasta el borde de la mesa.

—Definitivamente, tengo que hacer algo contigo, Book, esto no puede seguir así —dijo Daniel, mientras se agachaba para coger la jaula.

La guarida de Hastings

Daniel bajó las escaleras del portal de su casa con rapidez, después de que Jonatán le llamara desde el telefonillo. Había quedado con él a las cinco menos cuarto, quince minutos antes de que llegaran Gema y Laura, así tendría tiempo para explicárselo todo. Esperaba que, cuando ellas llegaran, ya se le hubiese pasado el ataque de ira a su amigo, que se produciría de forma segura en cuanto se enterase de lo que le había ocultado.

Se lo encontró jugando nuevamente con el cubo de Rubik. Estaba harto de que en cualquier oportunidad que tenía sacara ese estúpido cubo y se pusiera a jugar con él. Pero en esta ocasión no era el momento de recriminarle nada.

—Hola, Jonatán, ¿ya estás liado con ese juego?

—¡Qué oportuno eres! Siempre llegas cuando voy a batir mi récord.

—Vaya, lo siento.

—Ayer por la noche lo volví a batir. Ahora lo tengo en dos minutos y cinco segundos.

—¿Y eso es mucho o es poco?

Jonatán le miró ofendido.

—¿Cómo? ¡Eso es poquísimo!

—¿En cuánto está el récord del mundo?

—Pues… no sé… creo que el último lo hizo en siete segundos.

—¿Ah, sí? Entonces no te queda tanto.

Jonatán se quedó sorprendido, no esperaba esa reacción de su amigo, aunque no estaba seguro de que estuviera hablando en serio.

—Lo dices de broma, ¿no?

—De verdad, dos minutos no son tantos, ¿no?

El tono de Daniel parecía sincero.

—Vaya, ¿y desde cuando te interesa el cubo?

—El hecho de que valore tu récord no quiere decir que me interese el juego.

—Ya, tú quieres algo, ¿verdad? —preguntó Jonatán con tono desconfiado.

Daniel se sonrojó, su plan de adulación no había dado resultado.

—¿Yo? No, ¿por qué?

—Venga, hombre, que te conozco. En lugar de sermonearme y decirme que este juego es una pérdida de tiempo, has empezado a interesarte por mi récord. No necesito las células grises para darme cuenta de que tramas algo.

Daniel no contestaba. Consultó el reloj y miró a su alrededor, mostrándose impaciente.

—¡¿Qué te pasa?!, ¡tranquilo! Ni que estuvieras esperando a alguien…

—Pues… la verdad es que sí… —comentó Daniel casi en un susurro.

—¿Ah, sí?, ¿y se puede saber a quién esperamos? —preguntó Jonatán con un tono cortante al darse cuenta de que su amigo le ocultaba algo importante.

—¿Recuerdas que te dije que Gema había conseguido la dirección de Hastings?

—Sí, por eso hemos quedado, ¿no? Lo que no entiendo es por qué no hemos ido ya a esa dirección.

—Pues hay una razón. Gema no quiso dármela.

Jonatán le miraba expectante. Con un brusco movimiento de la cabeza le indicó que siguiera hablando.

—No quería que fuéramos solos, así que he quedado con ella a las cinco para ir juntos.

Jonatán comenzó a reírse.

—¿Y para eso tanto misterio? Por un momento pensé que también iba a venir…

Jonatán interrumpió la frase al ver la reacción de su amigo. No necesitaba que éste le dijera nada, su cara le delataba.

—¿Va a venir Laura?

—Eso me dijo.

—¿Y por qué no me has dicho nada? —pregunto Jonatán enojado.

—Porque sabía que te ibas a enfadar. Te conozco, estaba seguro de que entonces no vendrías.

—Creo que tengo el derecho a decidir si vengo o no, ¿verdad? ¿O es que eres tú el que tienes que decidir por mí?

—Yo… pensaba que era mejor…

—¿Pensabas? Ya, tú siempre pensando y los demás no, claro; los demás somos unos pobrecitos que no sabemos nada a tu lado.

Daniel esta sorprendido. Esperaba una mala reacción de su amigo, pero no una tan agresiva.

—Lo siento, de verdad, no pensé… no sabía que te ibas a poner así.

Jonatán estaba fuera de sí.

—Yo me voy.

Pasó por delante de Daniel y comenzó a andar.

—¡No te vayas, por favor!

Se dio la vuelta y miró a su amigo.

—No estoy preparado para hablar con Laura.

—Pero, ¿por qué? Tampoco es para tanto. Además, cuanto antes lo hagas, mejor. En algún momento tendrás que arreglarlo.

—Para mí es importante, ¿de acuerdo? Si lo hubiera sabido antes, me habría dado tiempo a pensar qué decirle.

—Puedes probar a decir lo que sientes, sin tener que preparar nada, ¿no?

Jonatán parecía algo más tranquilo, aunque seguía disgustado.

—Da igual, porque no me voy a quedar. Esta vez te has pasado.

Daniel agachó la cabeza, avergonzado.

—Perdóname, tienes toda la razón. Tendría que habértelo dicho desde el principio.

Jonatán no parecía convencido.

—¿Te acuerdas de lo que me dijiste en el hospital? —preguntó Daniel.

—¿Qué?

—Me dijiste que no tenía que haber ido solo a la consulta de mis padres, que te tendría que haber llamado.

—Ya, ¿y...?

—También me dijiste: «Ya sabes que siempre puedes contar conmigo».

Jonatán emitió un gruñido.

—Necesito que vengas, Jonatán. He metido la pata, pero te pido que me perdones y que me ayudes a encontrar a ese hombre.

Jonatán movió la cabeza mientras miraba fijamente a su amigo.

—Está bien, pero prométeme que nunca más volverás a hacerme algo así.

—¡Trato hecho! —exclamó Daniel chocando las manos con su amigo.

En ese momento un coche se detuvo a su altura. Habían llegado Gema y Laura.

Se abrió la puerta delantera izquierda y Laura bajó saludándoles con una gran sonrisa. Daniel le dio un beso, abrazándola con fuerza, mientras Jonatán permanecía algo distante. Laura se dirigió a él y también le abrazó, sin darle tiempo a reaccionar.

—¿Cómo estáis? Tenía muchas ganas de veros.

—¡Y yo también! —exclamó Gema, que también se había bajado del coche.

Durante un buen rato estuvieron hablando y poniéndose al día mutuamente sobre sus vidas. Jonatán se sentía algo molesto al ver que Laura se mostraba tan normal, como si no hubiese pasado nada entre ellos. Finalmente, Gema intervino para poner fin a la conversación.

—Tenemos que irnos, ¿vale? Ese tal Hastings vive algo retirado de aquí.

Los tres obedecieron al instante y se subieron al coche. Daniel y Jonatán se sentaron detrás, mientras que Laura volvió a ocupar el asiento delantero. Cuando el coche se puso en movimiento, Daniel se interesó por la dirección de Hastings.

—¿Dónde está su casa?

—Está en un barrio de las afueras, en el norte de Madrid. Lo he estado mirando en Internet; es un barrio nuevo. Creo que vive en un chalet.

—¡Mejor! Así será más fácil dar con él —exclamó Daniel con optimismo.

—¿Cómo conseguiste la dirección? —preguntó Jonatán.

Gema tardó en contestar.

—Ya sabéis que soy periodista y que tengo mis contactos entre la policía, los políticos, compañías de teléfono…

—Sí, ya, pero ¿quién te ha dado la dirección?

—Que no, Jonatán, que no vas a sacarme nada. Ya sabes que los periodistas no podemos desvelar nuestras fuentes.

—¡Si nos lo dijera nos tendría que matar! —comentó Laura, apuntando con el dedo a sus amigos.

Atravesar Madrid les llevó casi media hora. El tráfico era desesperante y el trayecto se les hizo interminable. Finalmente, siguiendo las indicaciones del GPS, llegaron a su destino. Era un barrio con un nivel económico alto, todas las viviendas eran chalets de lujo. Gema señaló la casa que estaban buscando cuando pasaron justo por delante, pero pasó de largo para no llamar la atención. Giró a la izquierda en la siguiente calle y aparcó el coche.

—¿Y ahora qué hacemos? —preguntó Jonatán, dispuesto a entrar ya en acción.

—¿Tenéis un plan? —contestó Gema con otra pregunta.

—¿Tú no tienes ninguno?

—Quedamos en que yo conseguía la dirección, pero no en que pensara en un plan.

—Ya, pero tú quisiste venir con nosotros —insistió Jonatan.

—Ya, porque no quiero que os metáis en líos. Pero no he pensado nada.

—Pues vaya, ¿y ahora qué hacemos? —preguntó Jonatán a Daniel, que permanecía callado.

—Encima que nos ha ayudado, no te quejes —le recriminó Laura.

Jonatán la miró con resentimiento. La brecha entre los dos se abría aún más.

—Lo primero que tenemos que averiguar es si hay alguien en casa —comentó Daniel, rompiendo su silencio.

—Me he fijado en que tenía todas las persianas bajadas. Ya sabéis que a las mujeres no se nos escapa ningún detalle —dijo Laura.

Jonatán sonrió con desgana.

—Vamos a hacer una cosa. Laura y Jonatán, podéis pasar por la puerta andando y os fijáis bien a ver si hay alguien, ¿de acuerdo? —propuso Gema.

—¿Y por qué nosotros? —protestó Jonatán.

—¿Y por qué no? —le preguntó Daniel, mirándole con gesto serio.

—Está bien. ¿Y luego qué hacemos?

—Pues volvéis al coche y preparamos un plan. Pero vamos por partes, primero comprobar lo de la casa. Ya pensaremos el siguiente paso.

Laura y Jonatán asintieron a las palabras de su amigo y se bajaron del coche. Se dirigieron hacia la esquina de la calle y se asomaron con cuidado.

—¿Ves algo? —preguntó.

—No, este barrio parece muerto. ¿Es que aquí no vive nadie?

—Pues vamos hacia la casa.

—¿Y qué hacemos?

—Pues nada, andar normal. Es la mejor forma de pasar desapercibidos.

Llegaron a la altura de la puerta. Jonatán se acercó y miró entre los barrotes.

—¿Qué haces? ¡Te van a ver!

—¿Quién?, ¿el hombre invisible? Porque aquí no hay nadie. Fíjate, están todas las persianas bajadas.

Laura se acercó y comprobó que Jonatán tenía razón.

—Es verdad, y mira cómo está el jardín. Aquí no vive nadie desde hace bastante tiempo.

—Pues qué bien, ¿y ahora qué hacemos? Creo que a Daniel no le va a hacer ninguna gracia.

—Esto es muy curioso. Mira lo que pone en el buzón: «Baker, S. A.».

—¿Es una empresa?

—Parece. Ya tenemos la primera pista, ¡vamos a decírselo!

Laura comenzó a andar, pero Jonatán se detuvo. Ella se dio cuenta y se volvió hacia él.

—¿Qué te pasa, Jonatán?

—Tenemos que hablar, ¿no?

—Anda, después de cuatro meses sin llamarme, ¿ahora quieres hablar?

Jonatán se quedó avergonzado.

—Es que… estaba enfadado…

—Ya te lo expliqué todo, Jonatán, y tú dijiste que lo comprendías.

—Eso fue al principio.

—Por quedar bien, ¿no? ¡El orgullo masculino!, ¡cómo no!

—¡Eh, eh! No es eso.

—Entonces, ¿qué? Explícamelo.

—Pues que tuve tiempo para pensar en lo que me dijiste y no lo vi tan claro… ¿te gusta otro?

Laura se desesperaba.

—No es eso, Jonatán. Ya te dije que me gustas, pero que todavía somos muy jóvenes para algo más serio. Lo que no quiero es empezar a salir a lo tonto y estropearlo todo, incluido nuestra amistad.

—¿Que somos muy jóvenes? Pero si todos mis amigos en el instituto ya tienen novia.

—¿Tienen novia?, ¿seguro? ¿No será más bien que tienen sus rollitos de fin de semana?

Jonatán no pudo replicar nada. Sabía que Laura tenía razón.

—Yo no quiero eso, y sé que tú tampoco. Que lo hagan los demás no quiere decir que esté bien.

Laura se quedó mirándole, esperando una respuesta. Al ver que no hablaba, continuó explicándose.

—Yo quiero seguir siendo tu amiga. Eres muy especial para mí. Lo que te pido es esperar un tiempo. No te estoy cerrando la puerta, sólo quiero ir más lento, no precipitarnos.

—Tú verás. A lo mejor cuando tú quieras ya es demasiado tarde y soy yo el que cierra puerta —dijo Jonatán, haciéndose el interesante.

—Pues si es así será porque es lo mejor, ¿no crees?

Laura se le acercó y le dio un beso en la cara.

—¿Lo entiendes?

Jonatán se sonrojó y se encogió de hombros.

—¡Qué remedio tengo! No me dejas otra opción.

Los dos se quedaron un rato mirándose fijamente.

—Gracias, Jonatán —le dijo en un tono cariñoso.

—¿Por qué?

—Por comprenderme. Es muy importante para mí. Los chicos hoy en día sólo piensan en una cosa, ya sabes. Quedan pocos como tú.

Laura se dio la vuelta y comenzó a andar, mientras que Jonatán se quedó un rato mirándola sin poder disimular una sonrisa. Sabía que ella tenía razón y había hecho lo más correcto, aunque no fuera lo que él prefería. Ella sí que era especial y él tenía el privilegio de ser su amigo, por lo menos de momento. En el futuro, quién sabía lo que podría pasar…

Como Jonatán no la seguía, Laura se dio la vuelta y le hizo un gesto con los hombros preguntándole qué le pasaba. Él no contestó y comenzó a andar deprisa, hasta que llegó a su altura. Así, juntos, sin decir nada, pensando en lo que habían hablado hacía un momento, caminaron hasta el coche, donde les esperaban Gema y Daniel, que no habían podido aguantar dentro del vehículo.

—¿Por qué habéis tardado tanto? —preguntó Daniel, impaciente.

—¿Qué dices?, ¡si no hemos tardado nada! —contestó Jonatán, ruborizándose.

—¿Qué habéis averiguado? ¿Hay alguien en casa? —insistió Daniel.

—Tranquilo, tranquilo. Déjanos respirar.

Jonatán comenzó a relatar lo que habían descubierto, dando primero las malas noticias sobre la situación de abandono de la casa, lo que provocó en su amigo un gesto de decepción. Pero a continuación intervino Laura para hablarles sobre el descubrimiento que había hecho en el buzón. Rápidamente, Gema se metió en su coche para consultar el portátil. El resto la siguió y entraron también en el coche. Esperaron con impaciencia mientras Gema sacaba el ordenador de su funda y lo encendía.

—¿Crees que aquí habrá *wifi*? —preguntó Jonatán.

—¡Seguro!, ¿no te has fijado en las antenas que tienen? Estas casas deben tener lo último en tecnología. No me extrañaría que controlasen algún satélite desde su habitación.

Jonatán se rió por la ocurrencia, mientras seguía con detenimiento los movimientos de Gema. Cuando pudo acceder a Internet, todos dieron un grito de alegría.

—¿Qué os decía? Fijaos qué velocidad de acceso.

—Busca Baker S. A. —le dijo Daniel, impaciente.

—Sí, tranquilo Daniel, que a eso iba.

Todos acercaron sus cabezas a la pantalla y observaron las diferentes búsquedas que Gema realizó; todas ellas sin ningún resultado.

—Es muy raro que no salgan en Internet.

—Seguro que no hemos buscado bien. Tiene que haber otra forma —insistió Daniel, que no se daba por vencido.

—Daniel, he consultado el Registro Mercantil. He entrado en la web de la Cámara de Comercio y no he encontrado nada. Esa sociedad anónima no existe.

—¿Qué es eso que tienes en la bandeja? —preguntó Daniel, señalando hacia la parte de atrás del coche.

—Es un paquete de correos que recogí esta mañana, antes de venir a Madrid. No me hadado tiempo de abrirlo. Son unos libros que pedí a una editorial especializada en temas de investigación.

La cara de Daniel pareció iluminarse, como siempre le ocurría cuando tenía una idea.

—¿Qué estás pensando, Daniel? Suéltalo ya —le dijo Gema, que ya le conocía suficientemente como para saber que algo tramaba.

—Tengo una idea. Ya sé cómo podemos averiguar más. Gema, vas a tener que ayudarnos nuevamente.

La periodista le miró con desconfianza, aunque le hizo un gesto con la cabeza para que continuara hablando.

Cinco minutos después, Gema se bajó del coche y se dirigió hacia la casa situada al lado de la de Hastings, o Baker, o de quien quiera que fuese ese chalet. Llevaba en la mano el paquete de correos y repetía en su mente las frases que habían acordado en el coche. Tenía que reconocer que Daniel, a pesar de su juventud, tenía una mente privilegiada. Su idea era buena y esperaba que diese resultado. Cuando llegó a la puerta del chalet, llamó al timbre. Se empezó a escuchar el ladrido de un perro que, por su potencia, tenía que ser del tamaño de un caballo. Gema odiaba a los perros, en verdad no se fiaba de ningún animal, por muy domesticado que pareciera. Si las personas muchas veces reaccionamos de forma irracional, movidos por impulsos que no sabemos explicar, ¿qué podía esperarse de los animales? Recordó a una amiga que adoraba a los perros, y cuándo ella le comentaba su opinión sobre los animales siempre contestaba que precisamente ésa era la gran diferencia, que las personas no somos de fiar, pero los perros sí. Ella no estaba de acuerdo con esa comparación. Se reafirmó en sus temores cuando alguien abrió la puerta del chalet y un pitbull asomó su cabeza, del tamaño de un balón de playa.

—¿Quién es usted? —preguntó una mujer mayor, de más de ochenta años, gritando de forma esperpéntica para hacerse oír.

—Hola… mire… traía este…

Gema se interrumpió, porque los ladridos del perro eran insoportables y no había forma de entenderse. Se fijó en la cabeza de la anciana, que parecía una pelota de tenis al lado de la del perro y, si no fuera por el miedo que tenía en ese momento, no habría podido contener la risa ante lo absurdo de la situación. Esa anciana de cara entrañable tenía un perro asesino al que no podía controlar.

—Tranquila, si Lobezno es un perro muy pacífico, no le hace daño a nadie.

—Ya veo, ya. Es que me dan mucho miedo los perros y…

—¡Lobezno! Cállate ya, que esta señorita se va a asustar.

¿Lobezno? —pensó Gema—, ¿cómo podían ponerle ese nombre a un perro? Pero cuando el animal sacó una de sus patas por la puerta y Gema vio sus garras, comprendió que, sin duda, hacía honor a su nombre. En ese momento deseó ser Tormenta para lanzarle un rayo a ese monstruo y hacerle callar. Pero fue la anciana quien lo consiguió, dándole un fuerte golpe en la cabeza, acompañado de un alarido descomunal que Gema interpretó como una orden en inglés. Lobezno se retiró, gimiendo como un dulce cachorrillo. Gema se quedó mirando a la anciana sin saber cómo reaccionar. Ahora la temía más a ella que al perro. La anciana de apariencia inocente le había dado un guantazo a un pitbull y éste se había retirado sin rechistar. Si el perro era Lobezno, su dueña podría ser perfectamente Magneto. No, si al final su amiga iba a tener razón, pensó.

—Perdone, señorita. Siento lo de Lobezno, pero ya sabe, hay muchos robos en estas casas y tenemos que protegernos.

—Ya veo, aunque no creo que usted necesite mucha protección. Con un golpe como ése puede tumbar al mismo Hulk.

La anciana sonrió por las palabras de Gema.

—¿Se ha fijado en el golpe?

Como para no fijarse —pensó Gema—, *¡si me ha dolido hasta a mí!*

—Es que estoy dando clases particulares de kárate. Ya le he dicho que este barrio es muy peligroso. Bueno, ¿y qué es lo que quería, señorita?

—Mire, es que traigo este paquete para Baker S. A., pero no hay nadie en casa —dijo señalando hacia la casa de al lado.

—¿Baker…? Si le digo la verdad, no sé quién vive en esa casa. Yo vine a vivir aquí hace cuatro años y el chalet ya estaba abandonado.

—Pero tendrá algún dueño, ¿no? ¿Nunca ha visto a nadie por aquí?

—Alguna vez he creído ver algo de movimiento, pero no puedo decirle más. Son varias las casas que hay abandonadas por aquí, así que tampoco es tan extraño.

—¿Y no sabe si alguien podría darme más información? —insistió Gema.

—¿Aquí?, ¡nadie! Cada uno va a su aire, los vecinos casi no nos tratamos.

—Qué pena, ¿no?

—No, yo me vine aquí precisamente por eso. Necesitaba esta paz. ¡Esto es el paraíso!

—Pues no la molesto más.

—No ha sido ninguna molestia. Y siento no haberle podido ayudar más.

Se despidieron y Gema se dirigió hacia el coche sintiéndose decepcionada. El plan no había dado resultado, ese tal Hastings era más escurridizo de lo que parecía. El nombre de Baker S. A.: parecía una tapadera, pero, ¿de qué? ¿Por qué esa casa estaba abandonada? Decidió que tendría que hablar nuevamente con el amigo que le había proporcionado la información. En algún sitio tenía que aparecer el verdadero nombre del dueño. Llegó al coche, donde los tres amigos esperaban expectantes.

—¿A dado resultado mi plan? —preguntó Daniel.

Gema les explicó lo que había ocurrido. La decepción fue enorme y todos se quedaron pensativos en medio de un silencio desolador. El más decepcionado era Daniel, que miraba por la ventanilla con impotencia, intentando saber qué hacer. De repente, tuvo una idea, aunque tenía que ser cuidadoso, especialmente con Gema.

—¿Estáis seguros de que ponía «Baker, S. A.»? —preguntó Daniel.

—Sí, vamos, yo creo que lo miramos bien, ¿no, Laura?

—Sí, seguro: «Baker, S. A.».

—Aún así, quiero verlo. No os importa, ¿verdad?

Daniel abrió la puerta del coche para bajarse, pero Gema le interrumpió.

—Daniel, no hagas ninguna tontería. No se te ocurra entrar en la casa.

—No voy a entrar en la casa, de verdad. Sólo voy a ver el buzón.

—Pero si ya te han dicho lo que ponía.

—Quiero verlo yo mismo, esperadme aquí. Es sólo un momento.

Daniel se bajó del coche y comenzó a correr. Gema no entendía su reacción. Confiaba en que no le mentía y que no iba a entrar en la casa, pero tramaba algo, seguro. Esperó un par de minutos, indecisa, pero finalmente arrancó el coche y se dirigió hacia la casa. Allí estaba Daniel, en el buzón, esperando, tal y como había dicho. Gema respiró aliviada. Detuvo el coche y Daniel se subió.

—¿No te fiabas de mí, Gema? Ya has visto que no te mentía. No he entrado en la casa.

Gema le miró con suspicacia.

—Y qué, ¿has visto lo que ponía en el buzón?

—Sí.

—¿Y...?

—Pues nada, ponía: «Baker S. A.».

—¡Ya te lo habíamos dicho! Es que no te fías de nadie —dijo Jonatán.

—¡Hombres! No hay quien los entienda —apuntó Laura, mirando de reojo a Gema, sin darse cuenta de que Daniel le guiñaba un ojo a Jonatán.

Los dos amigos se bajaron del coche en la casa de Jonatán. Se despidieron de Gema y Laura y se detuvieron en la puerta del portal.

—Bueno, ahora solo queda esperar que Gema hable otra vez con su contacto, a ver si consigue más información —dijo Jonatán, intentando animar a su amigo.

—No es necesario.

—¿Cómo?

—Que no es necesario, tengo un plan.

Jonatán le miraba sorprendido. A estas alturas ya sabía que no era un farol, su amigo hablaba muy en serio.

—El numerito del buzón, ¿no? Tramabas algo, por eso me guiñaste el ojo…

Daniel sonrió.

—¿Entraste en la casa?, ¡pero si no te dio tiempo!

—No, además, le dije a Gema que no iba a entrar y ya sabes que no miento, soy un hombre de palabra.

—¿Entonces…? No entiendo nada. Explícamelo ya, anda.

—Fui al buzón porque quería comprobar algo.

—Pero si ya te dijimos que el nombre era…

—No era el nombre —le interrumpió—. Quería comprobar el contenido del buzón.

—¿Encontraste una carta?, ¡claro!, ¡ya lo tenemos!

—No, estaba vacío. No había nada, ni siquiera una hoja de propaganda.

—¡Qué mala suerte!

—¿Mala suerte? No, ¡al contrario!, ¡es genial!

Jonatán miró a su amigo, creyendo que se había vuelto loco.

—¿Genial?, Daniel, creo que no te enti…

—¡Es muy sencillo!, ¡solo hay que usar las células grises! —exclamó, interrumpiéndole de nuevo—. Si esa casa está abandonada, ¿quién es el que recoge el correo?

Jonatán se quedó con la mirada fija, intentando seguir el razonamiento de su amigo.

—Hay alguien que vacía el buzón —continuó Daniel.

—A lo mejor no. Puede ser que no reciban nada de correo, como allí no vive nadie.

—Es verdad, es una opción, muy rara, aunque posible. Pero en ese caso, el buzón estaría lleno de publicidad, ¿verdad? Sin embargo, estaba vacío. Alguien va a esa casa de forma regular, por lo menos para mirar el buzón.

—¡Ya lo entiendo!, ¿por qué no dijiste nada?

—No quise comentarlo delante de Gema, porque no me habría dejado llevar a cabo mi plan.

—¡Claro! Ahora sólo tenemos que ir un día y esperar a ver si aparece alguien.

—Es un buen plan, pero yo tengo uno mejor.

Daniel se quedó en silencio, dejando a su amigo expectante.

—¡He citado a Hastings!

—¿Cómo?

—He puesto una nota en el buzón. La escribí rápidamente antes de que llegaseis. Es la mejor forma de descubrir quién es ese hombre.

—¿Y qué le has puesto en la nota?

—«Hastings, hemos descubierto que ésta es tu casa. No puedes seguir escondiéndote. El 25 de marzo te estaré esperando en el lago del parque del Retiro a las 18:00. Tendrás que llevar un sombrero rojo. Yo también lo llevaré».

—¿Un sombrero rojo?

—Es que con las prisas no se me ocurría otra cosa.

—Entonces, ¿qué tenemos que hacer ahora?

—Dentro de una semana estaremos en el Retiro, esperando a que aparezca.

—¿Y si no lee la nota?

—Tiene una semana de margen. Estoy casi seguro de que alguien mira ese buzón por lo menos una vez a la semana.

—¿Y de dónde sacamos un sombrero rojo?

—No lo llevaremos. Era sólo para despistar. Iremos de incógnito, tenemos que pasar desapercibidos.

—¡Como en las películas! —exclamó Jonatán, emocionado.

—Sí, estaremos a la espera, y cuando aparezca, le seguiremos.

—¡Se me está ocurriendo una idea!

—¿El qué?

—Tenemos que buscar una tapadera para pasar desapercibidos en el Retiro.

—¿Una tapadera? Yo había pensado esperar en un banco, leyendo.

Jonatán le miró, moviendo su cabeza con gesto de reproche.

—No sé para qué tienes esas células grises. ¿Ésa es tu tapadera?

—Pues sí, creo que lo mejor es comportarnos de forma normal, así no llamaremos la atención.

—Tú haz lo que quieras, pero a mí se ha ocurrido una idea genial.

Jonatán estaba entusiasmado, pero Daniel no parecía muy convencido.

—¿Cuál?

—No te lo puedo decir. Prefiero darte la sorpresa.

—Ya sabes que no me gustan las sorpresas.

—Esta vez sí, confía en mí.

Daniel seguía mostrándose desconfiado.

—No te preocupes, todo saldrá bien. He pensado que lo mejor es que vayamos al Retiro por separado, así no levantaremos sospechas.

—No sé, no es lo que yo había pensado.

—Hazme caso, ¿vale? Lo he visto en una película. Tú puedes estar en un banco, leyendo. Y yo permaneceré lejos de ti. Hablaremos por el móvil, así no levantaremos sospechas.

—¿Y cuál va a ser tu tapadera?

—No te lo puedo decir, pero te aseguro que no me vas a reconocer. Así será más realista.

Daniel le miraba con desconfianza; no se fiaba de los planes de su amigo.

—¿Estás seguro?

—De verdad, Daniel, confía en mí, es una tapadera genial. Y no intentes averiguarlo porque no lo descubrirías en toda tu vida. ¡Es un plan perfecto! Ya verás, ¡te vas a quedar con la boca abierta!

Daniel no dijo nada, pero precisamente eso era lo que más temía.

¿El pájaro está en el nido?

Una semana después, Daniel se encontraba sentado en un banco del parque del Retiro, algo alejado del lago, lo suficiente para no llamar la atención. Era una tarde primaveral y había bastante gente paseando por el parque. Aún quedaban veinte minutos para las seis, pero había querido llegar con tiempo suficiente para no encontrarse con sorpresas de última hora. Miraba a su alrededor, intentando encontrar a Jonatán, pero no le veía. Sentía curiosidad por saber qué había preparado su amigo. Durante toda la semana estuvo intentando que le contase qué iba a hacer, pero se había mostrado muy misterioso y se negaba a explicarle nada. Daniel se había llevado un libro para simular que estaba leyendo, pero en realidad no podía concentrarse en la lectura. Esperaba que Hastings mordiese el anzuelo y acudiese a la cita, más aún después de la conversación que tuvo la tarde anterior con su amiga Sara. Dos días antes, Daniel le había pedido a Sara que fuera a la casa de Hastings con su hermana mayor. Ésta tenía coche y podía moverse fácilmente por la ciudad. Le contó su plan y le pidió que mirase en el buzón para confirmar que ya no estaba la nota que él había dejado. Era un buzón con una boca grande y se trasparentaba algo su interior, así que se podía comprobar sin ningún problema. Quedaron por la tarde en la biblioteca para estudiar, algo que solían hacer habitualmente. Cuando se encontraron en la entrada del edificio, Sara le dio las novedades.

—La nota no estaba, ¡la han cogido!

Daniel miró a su alrededor, asegurándose de que nadie les escuchaba. Cuando lo confirmó dio un grito de alegría, haciendo un gesto con los brazos como señal de triunfo.

—¡Lo sabía! Estaba seguro de que pasaban a recoger el correo.

—Ahora sólo queda esperar a que se presente mañana.

—Estoy seguro de que lo hará. No podrá resistirse a comprobar quién le ha enviado la nota.

—¿No es un poco arriesgado? A lo mejor deberíais ir a la policía.

—No, Sara, ya sabes cómo me trató ese inspector. Esto es algo que tengo que resolver yo solo.

—Ya, pero puede ser peligroso…

—Me lo prometiste, ¿no le habrás contado nada a tu hermana?

—No, simplemente le pedí el favor de que me acompañase sin darle más explicaciones; por supuesto, siempre a cambio de algo.

—¿Y qué te pidió?

—Me debía algún favor del pasado, digamos que ahora ya estamos en paz.

—A veces me alegro de haber sido hijo único.

Sara sonrió mientras sacaba unas hojas de su carpeta.

—Tengo otra sorpresa —dijo mientras se las entregaba.

—¿Esto qué es? —preguntó Daniel, intrigado.

—Ayer me hablaste sobre esa noticia que habías encontrado en el espejo.

Daniel asentía con la cabeza al mismo tiempo que leía las hojas.

—Cuando me dijiste que habías buscado en Internet y que no habías encontrado más información, me quedé intrigada y decidí seguir buscando.

—¿Y cómo has encontrado esto? Yo le di mil vueltas, busqué de todas las formas posibles y no encontré nada.

—Pero buscaste en páginas en castellano, ¡yo lo hice en inglés!

Daniel levantó la vista de las hojas y la miró sorprendido.

—Eres increíble.

—De algo me tiene que servir estar dando clases particulares de inglés, ¿no?

—¿Son una traducción de Internet?

—No, las he traducido yo. He tardado varias horas, pero, como verás, ¡ha valido la pena! Encontré este reportaje en un periódico inglés. Hace referencia a una publicación de un periodista francés.

Daniel estaba fascinado.

—Según este periodista, la noticia que se publicó sobre los subterráneos de París estaba censurada.

—¡No me lo puedo creer! —exclamó Daniel cada vez más sorprendido.

Sara le miraba sonriendo. Llevaba varias horas deseando dar la noticia a su amigo y poder ver su cara de satisfacción.

—¿Te das cuenta, Daniel? Además de signos en las paredes... ¡también encontraron varios cadáveres!

—Y aquí dice que la frase: «No intentéis encontrarnos», no estaba escrita en un papel, sino en una mesa, ¡y con sangre!

Daniel se había quedado paralizado observando fijamente las hojas. Estaba impresionado.

—¿Y has encontrado algo más escrito por este periodista?

Sara negó con la cabeza.

—Tenemos que seguir buscando, a lo mejor Gema nos puede ayudar...

—Va a ser complicado. El periodista murió unos meses después de publicar el artículo. Lo tienes en la última página.

—No me lo digas, ¿a qué fue un accidente?

—Sí, su coche se salió de la carretera. La noticia tampoco da más detalles, pero la policía lo tenía muy claro; no hubo ninguna investigación.

—Sí, lo mismo pasó con mis padres, ¿no?

Las manos de Daniel temblaban, mientras pasaba las hojas hasta llegar a la última.

—Está claro lo que pasó, ¿no?

—Dímelo tú, anda —le dijo Sara.

—Ese periodista llegó demasiado lejos en sus investigaciones y se lo quitaron de en medio. Curiosamente, de la misma forma que hicieron con mis padres...

—Eso no lo sabes, Daniel. Mientras que no se demuestre lo contrario, tus padres sufrieron un accidente y ese periodista también.

—Creo que ya tenemos suficientes evidencias, ¿no? ¡Son demasiadas casualidades!

—Hay algo que no entiendo. ¿Por qué no publicaron la verdad sobre el descubrimiento en los túneles de París? Si encontraron esos cadáveres y no contaron nada, quiere decir que la policía francesa está implicada, ¿no?

—No lo sé, hay muchas cosas extrañas en todo esto. Pero algo está claro, esa sociedad secreta es peligrosa y está dispuesta a todo con tal de que no se descubra su existencia.

—Razón de más para que no vayáis mañana a esa cita.

Daniel se quedó en silencio, pensando en qué debían hacer.

—Todavía no sabemos si Hastings tiene algo que ver con esa sociedad. Además, si lo piensas bien, no vamos a correr peligro. Él no sabe quiénes somos y allí habrá mucha gente.

Sara sabía que no habría forma de convencerle.

—Déjame que vaya con vosotros.

—No, te lo agradezco, pero tres seríamos demasiados, se podría dar cuenta. Cuantos menos seamos mejor. ¡Estoy pensando en decirle a Jonatán que no venga!

—Eso sí que no. No puedes ir solo, sería demasiado peligroso.

—No te preocupes, iremos los dos, ya sabes que somos un equipo. ¡Encontraré a ese Hastings! Estoy seguro de que tiene algo que ver con esa noticia. Descubriré qué lo relaciona con mi padre.

—Daniel, si te digo una cosa, ¿no te ofenderás?

Él la miró extrañado.

—Claro que no, ¿por qué me iba a ofender?

Sara parecía dubitativa, no se atrevía a seguir hablando.

—Venga ya, dímelo, seguro que no es para tanto.

—Es que estaba pensando que a lo mejor lo que descubras sobre tu padre no te gusta…

—¿Cómo?, ¿qué estás diciendo? —preguntó indignado.

—¿Ves como te has ofendido?

—Es que te has pasado. ¿Qué has querido decir?

—No quiero ofenderte, ¿de acuerdo? Solo quiero que seas objetivo, ya sabes que es fundamental en toda investigación. Tú estás demasiado implicado emocionalmente y puede ser que dejes de ver cosas o... bueno... que no quieras verlas.

Sara se sonrojó, había intentado medir sus palabras para no enfadar a su amigo, pero no parecía haber dado resultado. Éste había agachado la cabeza; no sabía muy bien cómo iba a reaccionar.

—Lo que quieres decir es que puede ser que mi padre perteneciera a esa sociedad secreta, ¿no?

El tono de Daniel no parecía de enfado, pero Sara seguía desconcertada, no sabía muy bien cómo iba a terminar todo. Aún así, asintió con la cabeza.

—Si fuera así, explícame una cosa, ¿por qué mi padre me envió ese mensaje? ¿Para decirme: «Mira hijo, quiero que descubras que pertenecía a una sociedad secreta de criminales»?

Daniel hizo un gesto despectivo y se dio la vuelta sin decir nada más.

—¡Espera, Daniel! Lo siento, de verdad. No quería decir eso... bueno, sí, pero... ¿quieres mirarme, por favor, y dejar de portarte como un niño?

Esta pregunta la hizo Sara en un tono tan alto que todos los que estaban en la entrada de la biblioteca se volvieron para mirar. Daniel, sorprendido, se dio la vuelta y la fulminó con su mirada. Ella le hizo un gesto enérgico con la mano para que se acercase.

—Sé que no es fácil para ti, ¿de acuerdo? Pero quiero que me escuches y seas objetivo, ¿vale? Tienes razón, si tu padre estuviese implicado en algo raro no te habría enviado ese mensaje... o a lo mejor sí...

—¿Ya estás otra vez?

—Sí, ya estoy otra vez, ¿y sabes por qué?, porque quiero ayudarte. Tú no puedes ser objetivo, ¡es tu padre! Pero yo soy tu amiga y haré lo que crea que es mejor para ti, ¿vale? Sólo te pido que tengas en cuenta esta posibilidad. A lo mejor tu padre se metió en líos y quería evitar que los de esa sociedad secreta pudieran hacerte daño, por eso te envió el mensaje.

—Pero eso querría decir que mi padre no era uno de ellos.

—Oh, sí, pero prefirió que te enterases si de esa forma podía protegerte, ¿entiendes ahora lo que quiero decirte?

Daniel abrió los ojos de forma ostensible. El argumento de su amiga era razonable, aunque no le gustaba lo que implicaba.

—Vaya, no lo había pensado. Pero no puede ser... ¿mi padre, un criminal? Eso es imposible.

—Y seguramente no es cierto, Daniel, yo tampoco lo creo. Pero es una posibilidad y hasta que no se demuestre que es falsa, no podemos descartarla.

Sara le miraba expectante.

—Tienes razón, me he dejado llevar por los sentimientos y eso no me lo puedo permitir.

Sara le cogió del brazo.

—Es normal, cualquiera en tu lugar habría hecho lo mismo.

—Siento haberme puesto así contigo, encima que intentas ayudarme. Lo siento, de verdad.

—No te preocupes, ahora lo que tienes que hacer es encontrar a Hastings y averiguar si tiene algo que ver con esa sociedad secreta.

Daniel se pasó toda la noche pensando en la conversación con Sara y aun ahora, sentado en el banco, no podía quitársela de la mente. Parecía de locos pensar que su padre había pertenecido a una sociedad secreta de criminales, pero aún así era probable; estaba la foto y la noticia, ¿no? Así que no era tan descabellado. A pesar de todo, en el fondo, Daniel tenía la certeza de que tenía que haber otra explicación. Su padre no podía ser un criminal, era imposible. De ser cierto, toda su vida habría sido una hipocresía y él estaba seguro de que no era así; pero tendría que descubrir la verdad para descartar definitivamente esa opción. Sara tenía razón, tenía que ser objetivo, aunque tuviese que trabajar con hipótesis que no le gustasen.

El sonido del móvil le sacó de sus pensamientos, era Jonatán. Por fin daba señales de vida, pensó.

—¡Jonatán!, ¿dónde estás?

—Estoy a tu derecha, en este lado del lago.

Daniel miró hacia esa parte, pero no le vio. Había varias personas: una familia con dos niños pequeños, una joven haciendo *footing*, varios puestos ambulantes de vendedores de pulseras, collares, pañuelos, también dos hombres que hacían caricaturas y otros disfrazados de estatuas vivientes. Uno de ellos iba vestido como un ángel plateado, con una apariencia impresionante. Al lado del ángel había otro disfrazado de dragón. Más allá había un puesto de perritos calientes y, a su derecha, se encontraba un mimo algo ridículo. Daniel se quedó paralizado, no podía dar crédito a lo que estaba viendo, se quedó sin habla, sin saber qué decir.

—Bueno, qué, ¿me ves ya o no?

¡Claro que le veía! Pero no se lo podía creer. Jonatán se había disfrazado de mimo. Iba con unos pantalones negros ajustados y con una camiseta de rallas negras y blancas. Se había pintado la cara, pero se le había desecho la pintura por el sudor, presentando una imagen lamentable.

—¿Estás ahí, Daniel? Que me voy a fundir el saldo del móvil.

—Pero, ¿qué has hecho?

—Te gusta, ¿eh? Se me ocurrió en cuanto me contaste tu plan. Lo había visto en una película. Los del FBI tenían que camuflarse para atrapar a un asesino y uno de ellos se disfrazó como yo. ¿Sabes quién atrapó al asesino?, ¡el mimo!

Daniel se llevó las manos a la cara, desesperado.

—Te has quedado sin habla, ¿verdad? Normal, si es que es un disfraz perfecto. He comprado la ropa en unos chinos y la cara me la he pintado yo. ¿A que no te lo podías imaginar?

—No, por supuesto que no…

—¿Qué te parece?, ¡es un plan perfecto!

—¿Te parece un plan perfecto ir disfrazado de mimo?

—¿Qué pasa?, ¿no te gusta? Claro, cómo no se le ha ocurrido a don Cerebrito. Las ideas de los demás siempre son malas, ¿no?

—Mira, no es el momento de discutir. Intenta pasar desapercibido, si es que puedes, y estate atento por si aparece Hastings.

Daniel dejó el móvil, no quería seguir discutiendo con su amigo. Temía que Jonatán pudiera preparar una de las suyas. Tenía que haberle obligado a contárselo antes. Esperaba que no lo estropease, aunque si Hastings le veía, lo último que se imaginaría es que el mimo fuera una de las personas que le había citado, seguro que pensaría que era un loco. Después de todo, quizás el disfraz de Jonatán había sido todo un acierto.

Miró el reloj, eran las seis menos cinco y no había señales de Hastings. No podía dejar de mirar hacia el puesto. Comprobó con estupor que su amigo estaba comiendo su tercer perrito. Tenía una máquina de salchichas y varias bolsas de pan, estaba claro que se lo había preparado a conciencia, excepto el carro, claro. Pero si Hastings tardaba más en aparecer, iban a desaparecer los perritos. Sonó de nuevo el teléfono, era Jonatán otra vez.

—¡Daniel! Tengo una idea.

—¿Qué tienes en la boca?

—Me estoy comiendo un perrito. Es que justo a mi lado hay un puesto de perritos. ¡Qué casualidad!, ¿verdad?

—¿Siempre tienes que estar comiendo?

—Es que ya sabes, los nervios, el tener que esperar… además, el disfraz está funcionando, ya me han echado diez euros.

—¿Y lo has aceptado?

—¿Qué quieres que haga?, ¿qué se lo devuelva y descubra mi tapadera?

—Claro. Bueno, y qué, cuéntame tu genial idea.

—Pues mira, he pensado que cuando uno de nosotros vea a Hastings, llama al otro y le dice: «El pájaro está en el nido».

—¿Qué?

—Sí, ya sabes, como en las películas, ¿te tengo que explicar qué significa la frase?

—No, si lo entiendo, pero ¿por qué hay que hablar en clave?

—A lo mejor están escuchando las llamadas.

—¡No me digas! Pues si lo están haciendo nos estarán escuchando en este momento, ¿no lo habías pensado?

Jonatán se quedó en silencio. De repente empezó a hablar con una voz diferente, con acento argentino.

—Hey, cambio y corto, pibe, ¿me entendió vos?

A Daniel no le dio tiempo a contestar, su amigo cortó. En otras circunstancias se habría empezado a reír a carcajadas, pero en esta ocasión no le hizo ninguna gracia. Definitivamente, su amigo no tenía remedio. Intentando olvidarse de lo ocurrido, se puso a leer nuevamente, pero mirando por encima del libro para ver si aparecía Hastings. Después de unos minutos, lo dejó en el banco y se puso a mirar alrededor sin poder disimular más. Veía cómo el tiempo pasaba y no había éxito, se estaba poniendo cada vez más nervioso. Su estado de agitación iba en aumento al ver cómo Jonatán se pasaba todo el rato yendo al puesto de perritos. Ya había perdido la cuenta de las veces que lo había visitado, seguro que ya se había gastado todo el dinero que había recaudado. A las seis y media recibió un mensaje en el móvil, cómo no, de Jonatán. Daniel lo leyó: «Sin novedad, no he visto al pájaro ni al nido». Daniel se levantó y se dirigió hacia su amigo. Justo cuando estaba a veinte metros, un hombre se acercó al puesto. No llevaba sombrero, pero Daniel se sobresaltó al ver a su amigo hacerle gestos con la mano. Se acercó corriendo, creyendo que estaba en peligro, pero cuando llegó vio cómo el hombre depositaba un billete de diez euros delante de Jonatán. Cuando el cliente se fue, Jonatán cogió a su amigo bruscamente del brazo.

—¿Se puede saber qué haces? Te estaba diciendo que no te acercaras.

—¿Y yo qué sabía? Pensaba que era Hastings y que estabas en peligro.

—¡Pero si no llevaba el sombrero!

—¿Y yo qué sé? Pensé que a lo mejor nos había descubierto y te iba a hacer algo.

—¿Y por qué no te has quedado en el banco? Ahora ya lo has estropeado todo.

—Pero si ha pasado media hora, ¿no lo comprendes? No va a venir. Tenemos que irnos, este plan ha sido un desastre.

—Vaya, hombre, justo ahora.

Daniel le miró extrañado.

—Justo ahora, ¿qué?

—Pues que nos vamos justo ahora que ya llevo recaudados treinta euros. ¡Esto es un negocio!

Los ojos de Daniel iban a salirse de las órbitas, pero prefirió contenerse para no llamar la atención.

—Venga, vámonos, anda. Vamos a algún sitio para que puedas cambiarte de ropa.

—¿Cambiarme? Pero si no tengo otra cosa que ponerme.

—¿Has venido desde tu casa con esa pinta?

—¿Qué pinta? —preguntó Jonatán mirándose el disfraz con cara de extrañeza.

—No, ninguna, déjalo.

Daniel echó un último vistazo alrededor del parque y bajó los hombros, resignado. Estaba seguro de que su plan era perfecto, no había previsto que pudiera salir mal, pero estaba claro que tenía que pensar en algo. Debían partir de cero otra vez. Hablaría con Gema para ver si ella podía averiguar algo más sobre el dueño de esa casa o sobre esa empresa fantasma, Baker S. A.

—A lo mejor la nota la cogió otra persona y pensó que era una broma —comentó Daniel con gesto contrariado.

—O puede ser que ese tal Hastings no exista, ¿no?

—Estoy hecho un lío, tengo que pensar.

—Tranquilo, ya verás cómo tus células grises encuentran una solución.

Daniel le miró de arriba abajo y, finalmente, sonrió.

—Todavía no me lo puedo creer, ¿cómo se te ocurre venir así?

—¿Te ha gustado, eh? Reconoce que el disfraz es bueno.

—¿Bueno? Yo no pienso volver contigo a casa, ¡seguro que nos detienen!

Comenzaron a caminar y Jonatán se detuvo bruscamente.

—¡Espera!

—¿Qué pasa?, ¿le has visto? —preguntó Daniel, mirando a los lados de forma desesperada.

—No, no es eso, es que me he comido diez perritos y… ¡tengo un apretón! ¡Ahora vuelvo!

Jonatán salió corriendo y se perdió entre los árboles del parque, mientras su amigo le miraba desde lejos con cara de perplejidad sin saber qué hacer; si reír o llorar desconsoladamente.

Al otro lado del lago, un hombre los observaba con curiosidad. No entendía lo que estaba ocurriendo; vio al amigo de Daniel salir corriendo, para regresar unos minutos después. Finalmente, los dos salieron del parque y el hombre cogió el móvil y realizó una llamada.

—Soy Hastings… todo confirmado, era él… no, no vino solo, estaba con otro chico; era un poco raro, todavía no sé muy bien lo que he visto, ya te contaré… no, no sé qué es lo que saben… ¿lo de su padre? No creo que sepa nada, pero está claro que este Daniel tiene algo especial, de eso no hay duda, ¡de tal palo tal astilla!… ¿cómo?, ¿estás seguro?, ¿crees que es lo mejor?… de acuerdo, iré a verte, esto no puede seguir así, hay que buscar una solución antes que se nos escape de las manos.

El Club del Crimen

Daniel se encontraba nuevamente en el hospital, hablando con su madre. Llevaba varios minutos contándole todo lo que habían vivido la tarde anterior en el Retiro.

—¿Sabes? Hay veces en las que pienso que sería mejor no contarte nada de esto.

Se quedó mirándola.

—Los abuelos me dicen que no te cuente nada que te pueda preocupar. ¡Si se enteran de que te estoy contando todo esto me matan! No saben nada, pero creo que es mejor, prefiero que estén al margen. Sin embargo, contigo no puedo, necesito contártelo, hablarte. Lo entiendes, ¿no? Cuando despiertes, ya me podrás echar la bronca.

La cogió de la mano.

—Estoy confuso. ¿Sabes que papá me había dejado un mensaje escrito antes de morir?

Le explicó la existencia de la página web y el contenido del correo que había recibido de su padre.

—¿Qué te parece? Siempre le gustaron los enigmas y acertijos.

Daniel besó la mano de su madre y unas lágrimas comenzaron a bajar por sus mejillas. Esperó un rato hasta que se pudo controlar y siguió hablando.

—Tengo algo más que decirte. Hay una posibilidad de que papá tuviese relación con una sociedad secreta. ¿Tú sabías algo de esto?

La miró expectante, por si percibía alguna reacción.

—Parece una locura. Ya no entiendo nada. A lo mejor papá llevaba una vida totalmente diferente a la que yo creía. ¡Quién sabe!, ¡a lo mejor tú también!

Daniel soltó la mano de su madre y se levantó.

—Mejor no me hagas caso, como ves, sólo estoy diciendo tonterías. Te quiero.

Le dio un beso en la cara y salió de la habitación. Buscó en el pasillo a Eva para poder hablar con ella, pero no la encontró. Después de recorrer los lugares donde solía estar habitualmente, desistió y se marchó del hospital. Cuando salió a la calle le pareció cruzarse con un hombre al que ya había visto antes de entrar en el edificio. Era de mediana edad, rubio, con gafas de sol. Había algo en ese hombre que le inquietaba.

Siguió andando por la acera y, antes de girar la esquina, miró hacia atrás. Allí estaba de nuevo, se había detenido enfrente de un escaparate, intentando disimular, pero no había duda, le estaba siguiendo. Daniel dobló la esquina y se quedó apoyado en la pared, pensando en lo que hacer. Si salía corriendo, podía ser peor. Otra opción era ir a la policía, pero ya sabía lo que iba a decir su «amigo» el inspector. Por otra parte, su perseguidor podía darle una pista, ahora que la investigación estaba de nuevo a cero. ¡Podía despistarle y después seguirle sin que se diese cuenta!, ¡la presa convertida en cazador! No sabía qué hacer. Un sudor frío comenzó a recorrerle el cuerpo. Volvió a asomarse por la esquina con el corazón a mil revoluciones, pero ya no vio al hombre. ¡Se le había escapado!, ¡otra decepción! Quizás se estaba volviendo un paranoico, pensó. Tenía que relajarse, no podía estar viendo enemigos por todas partes.

Se aseguró por última vez de que el hombre se había ido y continuó caminando hasta casa de sus abuelos. Dos calles antes de llegar a la casa, en un pequeño pasadizo que separaba casas bajas, alguien apareció bruscamente y se puso a su altura. Daniel se dispuso a correr, asustado, pero unas manos enormes le sujetaron los brazos, dejándole inmovilizando. Vino a su memoria el ataque que sufrió en la consulta y sintió pánico. Se giró y se encontró con el mismo hombre que le había seguido en el hospital.

—¡Suélteme!

—Tranquilo, Daniel, relájate. Si quisiera hacerte daño ya lo habría hecho antes, ¿no crees?

Daniel se quedó quieto; el hombre tenía razón. Éste le hizo un gesto para que le acompañase al callejón y comprendió que no tenía más remedio que seguirle.

—¿Quién es usted? ¿Qué quiere de mí?

—Creo que la primera pregunta ya la sabes, en cuanto a la segunda, eso ya es más complicado…

—¡Hastings!

La cara de Daniel se descompuso. Finalmente, después de tanto buscar y de pensar en todo tipo de planes, no había encontrado a Hastings, pero éste le había encontrado a él.

—¿Sorprendido?

—¿Cómo me ha encontrado?

—¿Que cómo te he encontrado? —preguntó con tono sarcástico—. Creo que soy yo el que tiene que hacerte esa pregunta. ¿Cómo supiste quién era?

Daniel se quedó en silencio, pensando qué hacer. No se fiaba de ese hombre, pero era inútil huir. Podría atraparle en cualquier otro momento. Por otra parte, era cierto que si hubiera querido hacerle daño, ya lo habría hecho. Aunque a lo mejor estaba esperando a obtener cierta información, y después… Prefirió no pensar en esa opción, aunque iba a andarse con mucho cuidado y no hablar más de la cuenta.

—Antes quiero saber cómo me ha encontrado a mí.

Hastings se quitó las gafas y Daniel pudo observar su rostro con claridad. Esperaba encontrarse una mirada fría, asesina, pero se encontró con unos ojos azules y una expresión de cara amable. Hastings sonrió y su cara manifestó una expresión tierna. Daniel estaba desconcertado.

—No tienes que tener miedo, no soy tu enemigo. Yo era amigo de tu padre.

—¿Por qué le voy a creer?

—Porque eres un chico muy listo y sabes que digo la verdad —dijo manteniendo en su cara la amplia sonrisa.

—¿Me va a decir cómo me encontró?

—No fue muy difícil. Un mimo en el Retiro comiendo perritos y hablando constantemente por el móvil, casualmente siempre al mismo tiempo que otro chico que estaba sentado en un banco y hacía que leía… ¡me lo pusisteis muy fácil!

—Entonces, ¿estuvo ayer en el Retiro?

—Pues claro. Vi la nota y sentí curiosidad por saber quién la había escrito. Por supuesto, no llevé el sombrero rojo. Fui de incógnito y os estuve observando. Después sólo tuve que seguiros. Tenéis que ser más cuidadosos, si hubiese querido haceros daño lo habría podido hacer sin ningún tipo de problema.

Hastings parecía sincero, pero Daniel no quería bajar la guardia.

—¿Qué buscaba en el piso de mis padres y en su consulta?

—¿Qué dices?

—No disimule, sé que estuvo allí y que está buscando algo que tenían mis padres.

—¡Yo no he estado en casa de tus padres, ni en la consulta! —exclamó Hastings, sorprendido.

Si estaba mintiendo tenía que ser muy buen actor, por lo que Daniel empezó a creer que decía la verdad. Saber que podía ser un amigo de su padre empezaba a ser una opción muy creíble.

—¿De qué conocía a mi padre? Nunca le vi en mi casa y él nunca habló de usted. Un poco raro, ¿no?

Hastings le miraba fijamente, ahora con el gesto más serio.

—Hay muchas cosas sobre la vida de tu padre que no sabes, Daniel.

Estas palabras le dejaron petrificado. Estaba a punto de conocer la verdad y no estaba seguro de estar preparado.

—Tu padre pertenecía a una especie de club algo especial…

—¿Un club? —preguntó Daniel sorprendido.

—Sí, el Club del Crimen.

Daniel sonrió.

—Es una broma, ¿no?

—Te aseguro que no estoy para bromas.

—Nunca he oído hablar de ese club.

—Ésa es nuestra esencia. Nadie conoce nuestra existencia, ni la propia familia.

Hastings seguía mirándole, esperando ver las reacciones de su cara. Daniel estaba intentando asimilar la información.

—¡Mi padre no era un criminal! No sé cómo se atreve a...

—¡Estás equivocado, Daniel! Tu padre no pertenecía a un club de criminales, ¡luchaba contra ellos! —exclamó Hastings, marcando fuertemente cada palabra.

Daniel se quedó sin habla, la conversación había dado un giro sorprendente. No podía creer lo que estaba escuchando, aunque en su interior sintió como si se quitase un fuerte peso de encima, una carga que estaba empezando a hacérsele muy pesada.

—Sí, Daniel, el Club del Crimen investiga asesinatos sin resolver y todo tipo de delitos que han quedado impunes.

—No me lo puedo creer... —se detuvo al recordar algo de forma repentina—. ¿Ese club no tiene algo que ver con Conan Doyle?

Hastings le miraba fascinado.

—Vaya, eres hijo de tu padre, de eso no hay duda.

Daniel se emocionó al escuchar estas palabras.

—Sí, tienes razón, Arthur Conan Doyle es conocido por sus novelas y relatos de Sherlock Holmes, pero poca gente sabe que en su vida real fue un detective aficionado y perteneció al Club de los Crímenes.

—Había leído algo, pero pensé que sería una leyenda.

—Pues es real, Daniel. Cuando Doyle entró en el club, eran doce miembros, de lo más selecto de la sociedad. Se dedicaban a investigar crímenes célebres, como los de Jack el Destripador. En la actualidad ese club sigue existiendo, cuenta con unos cien miembros.

—¿Y mi padre pertenecía a él? ¿Usted también? —preguntó fascinado.

—No exactamente. Hay más clubes de ese estilo por el mundo, aquí en España formamos el nuestro, eso sí, inspirados en el original. Aunque nadie sabe que existimos y no tenemos ninguna relación con otros clubes. Es más, te puedo asegurar que el Club de los Crímenes de Inglaterra se dedica a casos menores, mientras que nosotros investigamos a criminales a nivel internacional.

Daniel escuchaba embelesado el relato de Hastings. Descubrir que su padre investigaba crímenes sin resolver le fascinaba. Esta revelación podía explicar la noticia y la fotografía que escondió en el espejo. Estuvo tentado a preguntarle a Hastings sobre este hallazgo, pero algo en su interior le detuvo. Decidió que por prudencia era mejor esperar.

—¿Y quiénes forman parte del club?

—Eso es secreto, sólo puedo decirte que son siete miembros, más su presidente. Cada uno de ellos ocupa un sillón del club con un apodo, que hace referencia a un detective mítico: Sherlock Holmes, Auguste Dupin, el padre Brown, Perry Mason, Hércules Poirot, el inspector Wallander y, recientemente, se creó el primer sillón para una mujer, Miss Marple.

El corazón de Daniel latía cada vez con más fuerza. Lo que estaba escuchando superaba cualquier novela que hubiese leído hasta ese momento. Conocía a todos los detectives que había mencionado, menos a uno. Por supuesto, se había leído todas las novelas y relatos de Holmes, Poirot y Marple. Bueno, le falta un libro de Poirot por leer, pero ésa era otra historia. En cuanto a Dupin, había leído en el instituto *Los crímenes de la calle Morgue*, la primera de las novelas en las que salía. Fue el primer detective literario creado por Edgar Allan Poe. Conocía los libros del padre Brown, un sacerdote detective, con un amplio conocimiento de la maldad humana y el único que se preocupaba por el alma de los delincuentes; y también había leído algo de Perry Mason, el abogado luchador incansable por la justicia. Pero no había leído nada sobre Wallander y no le sonaba el nombre.

—Conozco a todos los que ha mencionado, menos a Wallander.

Hastings sonrió.

—Ah, sí, Wallander. Mira, cuando se creó el club hace unas cuantas décadas, entre todos los fundadores seleccionaron los que ellos creían los mejores detectives y dejaron la puerta abierta a crear nuevos sillones, como ocurrió con el de Miss Marple. También existía la posibilidad de cambiar el nombre de algún sillón, si aparecía otro detective que se lo mereciese, como ocurrió con el inspector Wallander, que es el protagonista de una serie de novelas del escritor sueco Henning Mankell, un auténtico maestro del género.

—¿Y a quién sustituyó?

—Al comisario Maigret. Si te digo la verdad, fue todo un acierto. Así que ya ves, son siete miembros ilustres, más el presidente.

—¿Por qué ha dicho: «son»?

—Definitivamente, eres muy inteligente, vaya que sí. Pues verás, he dicho «son», porque yo no soy un miembro del club, soy el secretario.

—¿Por eso lo de «Hastings», no? —preguntó sonriendo.

—Sí, Daniel, mi nombre en el club es Hastings, el capitán retirado e infatigable ayudante de Poirot en muchas de sus investigaciones. Un hombre con una paciencia sobrehumana, por cierto.

—¿Y por qué no le pusieron el nombre de Watson?

—Bueno, eso habría sido lo típico. Pero como todos sabemos que Sherlock Holmes no es el mejor detective de la historia, nos decidimos por el ayudante del que verdaderamente lo es.

Definitivamente, ese hombre le caía bien, pensó Daniel con satisfacción.

—¡No puedo estar más de acuerdo!

—De todas formas yo no elegí el nombre, ya estaba cuando llegué hace seis años.

—¿Y el presidente también tiene apodo?

—Por supuesto. ¿No adivinas?

Daniel intentaba averiguar quién podía ser, pero no se le ocurría. Finalmente, se rindió y negó con la cabeza.

—¡Vidocq!

—¡Claro!, ¡cómo no se me había ocurrido! Aunque no es un personaje literario, sino real.

—Eso es cierto, pero no podía ser de otra forma. Vidocq fue un personaje fascinante. Creó la Brigada de Seguridad de París y la primera agencia de detectives, ¡a principios del siglo XIX!

Daniel recordaba haber leído algo sobre su vida. Algunos le definían como el padre de la criminología y, si no recordaba mal, antes de ser policía fue el criminal más buscado de toda Francia. Tenía que leer más sobre su vida. Pero ahora tenía que seguir preguntándole a Hastings, tenía mil dudas por aclarar.

—¿Y qué sillón ocupaba mi padre?

—¿Tú cuál crees? —preguntó Hastings, sonriendo.

Daniel sentía cómo su corazón estaba a punto de saltar en su interior.

—¿Poirot?... —preguntó tímidamente.

—¡Por supuesto!

¡Increíble! Su padre ocupaba el sillón de su detective favorito. Ahora entendía por qué su padre sentía tanta admiración por el detective belga.

—Tu padre era muy especial, una mente privilegiada. El mejor del club, sin lugar a dudas.

Daniel se sentía orgulloso, a la vez que emocionado.

—¿Y cómo investigan los crímenes?

—Investigamos casos que han quedado sin resolver, que la policía ha archivado por falta de pruebas.

—¿No serán como esos que...?

—¿Justicieros? No. No matamos a los delincuentes que han escapado de la justicia. Lo que hacemos es reunir pruebas y luego las ponemos en manos de la justicia. Tenemos mucho dinero, Daniel. Donaciones privadas que se han ido haciendo a lo largo de la historia por familiares ricos que han querido que se investiguen algunos casos y después, agradecidos, donan sus fortunas al club después de muertos.

—Pero si nadie les conoce, ¿cómo contactan los clientes con el club?

—Tenemos nuestros métodos para darnos a conocer y permanecer a la vez en el anonimato. Es complicado y no puedo explicártelo.

—¿Y de qué forma realizan las investigaciones?, ¿ayudan a la policía?

—No, tenemos nuestros propios medios. Cada miembro del club pertenece a una rama diferente: criminología, antropología, medicina, como por ejemplo, tu padre. También hay un historiador, un químico y otros más. Además, cada uno de ellos tiene sus contactos, así que se puede decir que tenemos más medios que la policía para investigar y, por supuesto, no tenemos sus limitaciones legales para conseguir pruebas.

Daniel estaba absorto, no daba crédito a lo que estaba escuchando.

—Es increíble, no puedo creer que mi padre perteneciese a ese club. ¡Nunca dijo nada!

—Eso es porque tu padre era muy bueno en su trabajo. Ya te he comentado que la pertenencia al club es secreta y su existencia no la pueden conocer ni los propios familiares.

—Pues puedo asegurar que no dijo nada.

Hastings se puso serio.

—Por eso queremos saber cómo averiguaste mi existencia, Daniel. El club puede estar en peligro, ¿entiendes?

—Encontré su nombre en la agenda de mi padre.

—Imagino que habría muchos nombre más, ¿no? ¿Por qué te llamó la atención el mío?

—Porque su nombre aparecía con el mismo número de teléfono al que mi padre llamaba cada dos días, a la misma hora.

Hastings estaba impresionado.

—¿Y cómo sabes eso?

—Lo vi en las facturas y me llamó la atención.

—¿En las facturas?

Daniel hizo un gesto de asentimiento y Hastings comenzó a reírse.

—Nos hemos escondido durante décadas, tomamos todo tipo de precauciones para pasar inadvertidos, y una simple factura nos delata, ¡no me lo puedo creer!

Daniel no sabía si lo estaba diciendo en broma o era una recriminación.

—Pero aún así, ¿cómo conseguiste la dirección del chalet?

—Eso no se lo puedo contar, yo también tengo mis secretos —dijo Daniel de forma seca.

Hastings sonrió.

—Ya has visto que puedes fiarte de mí. Es sólo para asegurarnos de que el club no corre peligro.

Daniel dudaba. Confiaba en Hastings, pero aún así quería seguir siendo prudente, algo le decía que debía guardarse algún as en la manga.

—Por eso pueden estar tranquilos, la persona que me dio esa dirección no tiene ni idea de la existencia del club; es más, está segura de que en esa casa no vive nadie. Así que el secreto está a salvo.

Hastings lo intentó varias veces más, pero Daniel se mantuvo firme, esquivando sus preguntas. Finalmente, desistió al ver que el joven era tozudo.

—Está bien, no insistiré más, ¡me rindo!

Daniel respiró aliviado, pero se preparó para preguntar algo que le inquietaba.

—Mi padre le llamó el día del accidente, ¿verdad?

Intentó ver algún gesto que delatase que Hastings ocultaba algo, pero lo único que vio fue tristeza y nostalgia en su rostro.

—Sí, nos vimos aquel día.

—Claro, por eso nadie sabía de dónde venían mis padres.

—Nos veíamos en un lugar secreto.

Tenía sentido, pensó Daniel. Otra duda aclarada, aunque quedaban asuntos más importantes que tratar.

—¿Quién mató a mi padre?

Ahora sí que Hastings se sobresaltó y no ocultó su sorpresa.

—¿Qué dices, Daniel? Tu padre tuvo un accidente.

—Estoy seguro que no fue así. A lo mejor estaba investigando algún crimen del club y le mataron…

Hastings le miró con cariño y puso la mano en su hombro.

—Te entiendo, de verdad, pero te puedo asegurar que hemos investigado la muerte de tu padre. Yo mismo he sido el encargado de buscar todas las pruebas posibles y no he encontrado nada. Fue una cruel tragedia, pero fue un accidente.

Daniel se resistía a creerlo.

—¿Y por qué registraron la casa y la consulta?

—Puede ser algo relacionado con sus clientes de la consulta, alguien que intenta encontrar alguna información comprometida.

—Ya, yo también lo he pensado…

Daniel estaba a punto de contarle lo del mensaje de su padre y lo que encontró en el espejo, pero cuando iba a hacerlo Hastings le interrumpió.

—Por supuesto, sabrás que no puedes contar nada de esto a nadie. A mí ya no me verás más y no volveremos a tener ningún tipo de contacto. Tienes que prometer que no seguirás investigando y que no intentarás averiguar más cosas sobre el club.

—¿Y por qué me ha contado todo esto a mí si es secreto? —preguntó Daniel, intrigado.

—Todos teníamos un gran cariño a tu padre, especialmente Vidocq. Cuando supimos lo que habías descubierto sobre mí, él pensó que lo mejor era que te contáramos la verdad, para tranquilizarte. Se lo debíamos a tu padre.

—Gracias, ha sido increíble. Todavía tengo que pensar bien en todo lo que me ha contado, pero sólo puedo agradeceros que me hayáis contado que mi padre era un héroe, un luchador por la justicia.

—Lo sé, puedes estar orgulloso de tu padre, igual que él lo estaba de ti.

Los ojos de Daniel parecieron iluminarse.

—¿Cómo lo sabe?

—No paraba de hablar de ti. Decía que como se descuidase, tú ibas a ocupar su asiento en el club.

Daniel sonrió emocionado.

—Ha sido un placer conocerte, Daniel —le dijo Hastings, extendiéndole la mano.

—Lo mismo digo.

Hastings se dio la vuelta, pero recordó algo y se volvió.

—Por cierto, ¿cómo está tu madre?

—Igual, los médicos dan pocas esperanzas de que pueda despertarse, pero yo confío en que algún día sí lo haga.

—Ya verás como ocurrirá, tienes que estar tranquilo.

—Eso espero…

—¡Hasta siempre, Daniel!

Hastings se giró y comenzó a andar mientras que Daniel le miraba con interés. Era un buen tipo, pensó, lástima que ya no volvieran a verse nunca más. Observó cómo Hastings cogía el móvil y giraba la esquina, acercándoselo a la oreja.

En el mismo momento en que se despidió de Daniel, Hastings llamó a su jefe, sabía que estaría expectante esperando su llamada.

—Vidocq, soy Hastings… Todo en orden, no hay peligro… sí, me lo ha contado, no te lo vas a creer, todo fue por una factura del teléfono, pero tranquilo, no sabe nada sobre nuestra identidad, el club está a salvo… sí, se lo he contado todo, tal y como me dijiste. ¡Creo que le he contado demasiado! Pero bueno, te hice caso, es cierto que se lo debíamos a su padre… sí, me ha prometido que no contará nada y estoy seguro que se puede confiar en él… no, no me ha dicho nada relevante,

sólo escuchaba impresionado por lo que le estaba contando, ¡normal!...
vale, nos vemos mañana.

Daniel se asomó por la esquina y observó cómo Hastings se alejaba.
Decidió seguirle. Había sido una suerte que se detuviera nada más tor-
cer la calle para hablar por el móvil, así había podido escuchar toda la
conversación con Vidocq. Se confirmaba que todo lo que le había contado Hastings era cierto, aún así, había algo que le había parecido raro. No
podía decir exactamente qué, pero tenía una extraña sensación, algo que
no le cuadraba. A lo mejor eran imaginaciones suyas... ya pensaría en
ello más adelante, ahora tenía que centrarse en lo que Hastings le había
contado. Era increíble, fascinante, jamás en la vida se habría imaginado
que su padre podía ser un detective como los protagonistas de las novelas que leía. ¡Ocupaba el sillón de Poirot!, y le había dicho Hastings que
siempre hablaba de él y que se sentía orgulloso. Había sido un gran día,
lástima que no se lo pudiese contar a sus amigos, tampoco a Jonatán, ni
siquiera a su madre.

El reportaje perdido

El concierto había comenzado con algo de retraso, lo que permitió que Daniel y Jonatán pudieran entrar. Sara les había invitado al primer concierto que iba a dar en el Conservatorio. Su amiga tocaba el piano y ese día su clase ofrecía un concierto. Como ella era la más destacada, iba a tocar varias piezas en solitario. Jonatán no quería ir, odiaba la música clásica. Decía que era un aburrimiento, pero Daniel le convenció. Sabía que para Sara era importante, y no quería decepcionarla. La había escuchado tocar varias veces en su casa y se había quedado impresionado. No era un gran a aficionado a la música clásica, realmente no tenía un estilo de música preferido. Le gustaba escuchar todo tipo de música, por eso podía relajarse escuchando el violín clásico de Rieu, y al mismo tiempo disfrutar con música pop o *rock* en otras ocasiones. Dependiendo de su estado de ánimo, elegía entre unas y otras, pero sin quedarse estancado en un sólo estilo. Jonatán era diferente, le encantaba el *hip hop* y no había quién le sacara de ahí.

Cuando entraron en el salón de actos, el presentador acababa de comenzar el concierto. Ya estaba todo el mundo sentado y varias personas se giraron y les miraron con desaprobación. Esperaban sentarse en las últimas filas, pero se dieron cuenta con pavor de que apenas quedaban asientos libres y estaban dispersos. Siguieron avanzando por el pasillo, intentando encontrar dos asientos libres que estuvieran juntos, hasta que comprobaron que sólo había dos en la primera fila. Daniel le hizo un gesto a su amigo para que se dirigiera hacia delante pero éste se negaba a sentarse allí. Daniel le insistía, pero Jonatán no cedía.

—¡Que no me voy a sentar delante!

—¿Quieres dejarlo ya? Vamos, hombre, que nos está mirando todo el mundo.

—Es por tu culpa. Nos podíamos haber quedado detrás, aunque fuese de pie.

—Pero si hay sitio, ¿por qué vamos a tener que quedarnos de pie?

Varias personas comenzaron a protestar y Daniel se percató de que el presentador les estaba mirando con gesto amenazante. Finalmente, un hombre se levantó de su asiento y se dirigió hacia ellos con gesto amable.

—Mira, ese hombre va a dejar que nos sentemos en su sitio —comentó Jonatán, esperanzado.

—No sé yo…

El hombre llegó a su altura, manteniendo su sonrisa.

—¿Qué tal, chicos?, ¿no encontráis sitio?

—Es que no queremos sentarnos delante, y no encontramos dos asientos juntos —contestó Jonatán con una gran sonrisa.

—Pues, en ese caso, tenéis dos opciones: podéis sentaros en la primera fila o sino… ¡os podéis largar ya de una vez!, ¿de acuerdo? Mi hijo va a tocar ahora y necesita máxima concentración, es un virtuoso. Ha llegado a la perfección y no soporta distracciones, cualquier ruido puede dejarle bloqueado, ¿lo habéis entendido, gamberros? ¡Sentaros ya o marcharos!

Daniel y Jonatán se quedaron blancos, la sonrisa del hombre se había transformado en una mueca amenazante. Sin duda, no iba a consentir que su hijo sufriese ningún tipo de distracción durante la actuación. Agacharon la cabeza y, sin mirar a los lados, se dirigieron a la primera fila lo más rápido que pudieron. Los dos asientos estaban situados justo en el pasillo, Daniel se sentó dentro, al lado de una mujer con un abrigo de visón enorme, que ocupaba la mitad de su sitio; Jonatán se sentó

0

en el asiento del pasillo. El presentador estuvo más de cinco minutos hablando. Ya se estaba empezando a hacer largo. Daniel se desesperaba, siempre pensaba lo mismo en estas ocasiones: ¿por qué los que presentaban no iban al grano?, ¡habían venido a ver la actuación, no a ver qué bien hablaba el presentador! Por fin, después de un par de minutos más, salió un cuarteto de cuerda compuesto por cuatro chicas, que comenzaron a tocar la banda sonora de *La lista de Shindler*. Daniel cerró los ojos y se dejó transportar por la música. Cuando finalizaron, todavía se quedó unos segundos con los ojos cerrados, saboreando lo que había escuchado. Cuando los abrió, miró a su amigo para ver si le había gustado y observó que tenía puestos los cascos y estaba jugando al cubo de Rubik. Miró hacia los lados, avergonzado, pero afortunadamente nadie se había dado cuenta. Le dio un codazo para que parara. Su amigo se quitó los cascos.

—¿Qué pasa?

—¿Qué haces con los casos y jugando al Rubik?

—Esto es un rollo, cuando salga Sara me avisas.

—Pero, ¿has escuchado lo que han tocado?

—¿Qué dices? Me he puesto los cascos cuando ese plasta se ha puesto a hablar.

—Entonces, ¿cómo puedes decir que es un rollo si no lo has escuchado?

—Déjame, anda, que estoy a punto de batir nuevamente mi record.

Jonatán hizo un gesto despectivo con la mano y se puso otra vez los casos. Siguió jugando con el cubo, moviéndolo a toda velocidad. Daniel le iba a decir algo, pero el presentador volvió a hablar para dar paso a un solo de saxo. Salió un joven muy tímido, con la cara colorada. Daniel calculó que tendría la misma edad que ellos y observó que el saxo era como el que tocaba Kenny G, músico preferido de su madre. Los dedos le temblaban y todo hacia presagiar que la actuación iba a ser un desastre, pero cuando comenzó a interpretar se transformó. Sus dedos se deslizaban por el instrumento de forma prodigiosa. Daniel iba a cerrar los ojos nuevamente para concentrarse en la música, cuando oyó un estruendo en el pasillo; ¡a Jonatán se le había caído el cubo al suelo! Todos los de la fila de al lado y de detrás les miraban, recriminándoles su actitud. Jonatán se agachó para cogerlo y se le cayó el móvil, para desesperación de Daniel. Ayudó a su amigo a recoger todo y se volvieron a sentar, disimulando. Pero cuando miraron al escenario vieron al chico del saxo que se había quedado paralizado, mirando hacia delante y sin moverse. En ese momento, Daniel tuvo un pensamiento terrorífico que se vio confirmado cuando vio justo a su lado, en el pasillo, al hombre que les había llamado la atención.

—¿Qué os dije? ¡Habéis estropeado la actuación de mi hijo!

Daniel y Jonatán estaban agachados, aguantando todo el chaparrón.

—¿Cómo os atrevéis a boicotear a un genio de la música? Lo hacéis por envidia, ¿verdad? Como Salieri con Mozart. No podéis soportar el éxito de los demás, claro….

El hombre se interrumpió cuando su hijo volvió a tocar de nuevo. Afortunadamente, había conseguido superar el bloqueo. El padre ya no les miraba a ellos, sino que se quedó embelesado mirando hacia el escenario. Cuando acabó la canción, todo el mundo comenzó a aplaudir, aunque al que más se le oía, por supuesto, era al padre, que aplaudía entusiasmado. Daniel y Jonatán se levantaron y se unieron a los aplausos con tanta fuerza que parecía que saltaban chispas de sus manos. De reojo miraban al hombre para ver su reacción, pero éste se encontraba absorto en su hijo. Ellos seguían aplaudiendo y Jonatán comenzó a gritar: «Bravo», «Eres el mejor» y otras frases por el estilo, que esperaba que fuesen suficientes para ganarse su simpatía. Cuando la ovación terminó, el padre se volvió a dirigir hacia ellos, esta vez con gesto más calmado.

—¿Qué os parece?, ¡no lo habéis conseguido!, ¡el genio ha triunfado!

Se dio la vuelta y se marchó, dejándoles sin habla durante un tiempo.

—¿Qué le pasa a ese hombre?, ¡está loco!

—No, perdona, el que estás loco eres tú. Por tu culpa han estado a punto de echarnos. Así que guarda el móvil, el cubo y quédate quieto de una vez.

—Vale, hombre, no te pongas así. No ha sido culpa mía, iba tan rápido que se me ha resbalado. Es que aquí hace mucho calor y me sudan las manos.

—Calla, anda, que va a salir Sara.

Jonatán se inclinó hacia su amigo y se acercó a su oído.

—Venga, pero no me digas que ése no estaba grillado, ¿eh?

—Ya te digo —contestó Daniel, sonriendo—. No me extraña que su hijo se quede bloqueado, ¡no sé cómo aguanta tanta presión!

—Ya ves, y todo porque toca la flauta. Yo también la tocaba en el colegio y no me daba tanta importancia.

—No es una flauta, es un saxo.

—¿Qué dices? Pero si es como una flauta.

—Sí, lo parece, pero no lo es. Es un saxo.

—Pues qué quieres que te diga. Yo todos los saxos que he visto son verticales y hacen una curva en la parte de abajo. No entiendo nada, a mí esto de la música clásica me parece muy complicado.

—Es que lo que ha tocado ese chico es un saxo recto.

—¿Recto?, ¡qué asco! A mí no se me ocurría tocar un instrumento con ese nombre... ahora entiendo por qué lo llaman instrumento de viento...

—Contigo es imposible... —dijo Daniel, sonriendo.

La siguiente actuación fue la de Sara, que se había vestido con una falda negra y una camisa blanca muy elegante. Cuando se sentó en el piano, miró hacia donde estaban y les guiñó el ojo. Daniel y Jonatán la saludaron disimuladamente con la mano. El presentador hizo una pequeña introducción de las dos piezas que iba a tocar: *Romeo y Julieta* y *Claro de Luna*. Empezó a tocar la primera canción de forma sublime. A Daniel le sonaba la melodía, pero desconocía que fuese la banda sonora de una película de Romeo y Julieta, como explicó el presentador. Miró a su amigo, y comprobó que éste estaba hipnotizado, mirando hacia el escenario casi sin parpadear. Cuando finalizó la pieza, Daniel le dio con el codo.

—¡Qué!, te ha gustado, ¿verdad?

—Bueno, normal —contestó, encogiendo los hombros e intentando hacerse el indiferente.

—Ya, ya. Venga, hombre, que te conozco...

Ahora fue Jonatán el que le mandó callar. Sara iba a interpretar la segunda canción. Esta vez tocó aún mejor que la anterior; además, la canción era excepcional. Daniel cerró sus ojos disfrutando de cada nota. Su amiga estaba tocando de forma magistral, mucho mejor que lo que había escuchado en su casa. Se notaba que dedicaba mucho tiempo a los ensayos. Llegó a la última nota y el auditorio se quedó en silencio, antes de romper en un aplauso atronador. Daniel se levantó, aplaudiendo entusiasmando, y se giró al ver que su amigo estaba sentado. No podía creer lo que estaba viendo, estaba sonándose la nariz con un pañuelo y tenía lágrimas en los ojos, ¡se había emocionando con la canción! Cuando se dio cuenta de que Daniel le estaba mirando, intentó disimular y se comenzó a tocar el ojo como si le hubiese entrado algo dentro. Después se levantó y se puso a aplaudir y a gritar de nuevo, aunque esta vez sinceramente, no como la vez anterior. Sara saludó varias veces al público y les dedicó una amplia sonrisa a sus amigos. Cuando se sentaron, Jonatán estaba en silencio, se le notaba incómodo. Daniel se lo estaba pasando en grande, pero intentaba disimular y mantenerse serio.

—¿Qué tal?, ¿te ha gustado?

—Sí, no está mal…

Daniel comenzó a darle con el codo, ya no pudo resistirse más.

—Venga, si te he visto, ¡estabas llorando!

—¿Que yo estaba llorando?, pero, ¿qué dices? Se me ha metido algo en el ojo…

—¿Qué hay de malo en que te emociones? A mí también me ha pasado. Sara toca muy bien.

—¡Qué yo no me he emocionado!, ¿vale? ¡Y no se te ocurra contarle esto a nadie!

—Vale, no se lo contaré a nadie, pero sólo si reconoces que te has emocionado.

Jonatán se quedó mirando a su amigo con gesto serio.

—Eso es un chantaje.

—Pues sí, la verdad, para qué vamos a engañarnos —contestó, con una amplia sonrisa.

—Está bien, lo reconozco. ¡Ya está! Lo has conseguido…

—¿Reconoces, qué…? —insistió Daniel.

Jonatán le dirigió una mirada amenazante.

—Reconozco que lo que has dicho es verdad.

—¿Y qué es lo que he dicho?

—¡Que me he emocionado!, ¿vale? Sí, lo reconozco, me ha gustado mucho. No sabía que esta música estaba tan bien.

—¿Ves cómo no cuesta tanto? Ya verás, te vas a convertir en un aficionado a los conciertos.

—No te confundas. Me han gustado las canciones que ha tocado Sara, pero no aguanto un concierto entero, como ése que echan el uno de enero.

—¿El de Año Nuevo en Viena?

—Sí, supongo que será ése, el que hacen todos los años. ¡Vaya petardo!

Daniel se giró nuevamente, sonriendo, y escuchó cómo el presentador anunciaba la última actuación. Se trataba de una coral que iban a cantar tres arias de un compositor que no conocía. Justo en el momento de comenzar la primera aria, sonó su móvil. Había recibido un mensaje. ¡Se le había olvidado apagarlo! Daniel lo cogió rápidamente y le dio a la pantalla para ver el mensaje.

—¡Ahora eres tú el que haces ruido! ¿Te das cuenta de que yo no soy el único?

Pero Daniel ya no escuchaba, estaba absorto, mirando la pantalla, con un gesto en su cara que denotaba preocupación. Cuando terminó el acto y todos comenzaban a levantarse, seguía en su asiento.

—¡Venga, Daniel! Oye, retiro lo que he dicho antes. Esta última actuación ha sido un rollazo.

Daniel no contestaba.

—¿Qué te pasa?, ¿no será otro mensaje de tu…?

—No, era Laura.

—¿Laura?, ¿y qué quería? —preguntó Jonatán algo molesto.

—Mira, léelo tú.

Le acercó el móvil y Jonatán lo leyó en voz alta.

—«Encontré el reportaje perdido. Voy a casa para escanearlo y te lo envío a tu correo, ¡ya verás! ¡Es increíble!».

Jonatán le miró confundido.

—¿Qué es el reportaje perdido?, ¿por qué no me has contado nada?

—¡Porque no sabía nada! No tengo ni idea de qué es ese reportaje.

—¿Seguro?

—¡Pues claro! Estoy pensando qué puede ser, pero no tengo ni idea.

—¡Llámala!

—Ya lo he hecho, en cuanto ha terminado la actuación, pero no lo coge. Lo tiene apagado o no tiene cobertura.

—¿Y qué hacemos?

—Esperar a que nos envíe ese reportaje. No nos queda otra opción.

Se levantaron y salieron del conservatorio. Se quedaron en la entrada, esperando a Sara.

—¿Se te ha ocurrido algo más sobre Hastings?

Daniel se mostró sorprendiendo y algo incómodo con la pregunta de Jonatán, pero intentó disimularlo.

—Tenemos que olvidarnos de Hastings y centrarnos en la noticia que tenía guardada mi padre sobre la sociedad secreta. Creo que ésa tiene que ser la clave.

Daniel se quedó un rato pensativo. Desde que había hablado con Hastings, se había quedado con la sensación de que tenía que haberle contado lo del mensaje de su padre y el hallazgo de la noticia y la fotografía. Por ser demasiado precavido, había perdido la oportunidad de darle una información que podía ser clave para descubrir la verdad.

—Una cosa, Daniel. Me dijiste que además de la noticia también había una fotografía, ¿no?

—Sí, pero está algo borrosa, no se distinguen bien las caras.

—¡Para eso estoy yo, para solucionarlo!

—¿Y eso? —preguntó Daniel con gran interés.

—Estas son las ventajas de que tu mejor amigo sea un genio de la informática. Porque… soy tu mejor amigo, ¿no?

—Pues claro, si ya lo sabes, anda, sigue.

—Ya sabes que tengo contactos en el mundo de la informática.

Daniel se impacientaba, pero Jonatán estaba disfrutando, creando expectación a su amigo, algo a lo que él era tan aficionado. Ahora iba a probar un poco de su propia medicina.

—He movido algunos hilos y me han pasado un programa para retocar fotografías.

—Esto no se arregla con Photoshop.

—Me ofendes, creo que no lo has entendido. Este programa es lo último en el tratamiento de fotografías, ¡es el que utiliza ahora mismo la policía!

—¿Y cómo lo has conseguido?

—Conozco gente importante, auténticos genios de la informática...

—¿Genios?, ¿a los *hackers* llamas genios?

—Un *hacker* no siempre es un delincuente, ¿lo sabías?

—Mira, no quiero saber de dónde lo has sacado, sólo dime una cosa, ¿puedes hacer que la foto se vea nítida?

—¡Por supuesto! Vas a ver hasta las espinillas de los que salgan en ella.

—Con ver bien sus caras será suficiente.

Sara salió en ese momento del conservatorio. Sonreía radiante e iba acompañada de sus padres. Se saludaron y los padres de Sara se fueron al coche, mientras Sara se quedaba un momento hablando con sus amigos.

—Gracias por venir, pensaba que a lo mejor no os gustaba esto y...

—¡Gracias a ti por invitarnos! Nos ha encantado, has tocado genial, ¿verdad, Jonatán?

—Sí, Sara, ha sido increíble. No sabía que tocabas tan bien.

—Anda, seguro que no es para tanto. ¡Qué sorpresa, Jonatán! No sabía que te gustaba la música clásica.

—¡Ni él! —exclamó Daniel en tono sarcástico.

—No le hagas caso, Sara. En realidad, además de la informática también me gusta todo lo relativo a la cultura...

—¡Sí, claro! ¡Ahora resulta que eres un hombre del Renacimiento!

Jonatán le miró dubitativo.

—¿Eso es un insulto?

Daniel miró a Sara y encogió los hombros, haciendo un gesto de resignación con la cabeza. Sara no pudo contener la risa.

—¿Sabéis algo de Laura? —preguntó Sara para sorpresa de sus dos amigos.

—¿Por qué lo preguntas?

—No, nada, por saber...

Daniel sospechaba que no podía ser casualidad. Sacó el móvil y le enseñó el mensaje.

—¿Tú tienes algo que ver con esto?

—¡Bien!, ¡lo sabía! —exclamó Sara al leerlo sin haber escuchado la pregunta de Daniel.

—Creo que ya te ha contestado… —intervino Jonatán.

—¿Me puedes explicar qué pasa, Sara?

—¿Te acuerdas cuando te comenté lo del periodista francés que había investigado la noticia sobre la sociedad secreta?

Daniel asintió con la cabeza, invitándola a seguir hablando.

—Pues me reservé un dato. En las noticias que encontré hablaban sobre un reportaje que, supuestamente, el periodista escribió antes de morir.

—¿Y por qué no me lo dijiste?

—Porque no era seguro, podía ser una leyenda urbana. Quería comprobarlo y, si lo encontraba, darte la sorpresa.

—¿Y qué tiene que ver Laura con esto?

—La llamé para ver si podía hablar con esa amiga suya que es periodista…

—¡Gema! —aclaró Jonatán.

—Sí, ésa. Le pedí que hablara con otros periodistas, para ver qué había de verdad en esa historia. Y, ya lo ves, ¡lo ha encontrado!

Daniel estaba impresionado por la nueva revelación. Por un lado, estaba algo molesto. No le gustaban las sorpresas y mucho menos que le ocultaran información. Pero por otro, agradecía el gesto de Sara y estaba impaciente por conocer más sobre el reportaje.

—¿Qué pasa, Daniel?, ¿no te alegras?

—Sí, Sara, es que me has dejado descolocado…

—Estoy seguro de que con esta información y con lo que descubra Gema sobre la casa, ya tendremos todo lo…

—¿Qué has dicho de Gema? —preguntó Daniel, alarmado.

—Cuando hablé con Laura, me dijo que Gema iba a investigar más sobre la empresa propietaria de la casa de Hastings. Se había quedado intrigada.

—¡No puede ser! ¡Tiene que dejarlo!

—¿Cómo?

Sara estaba sorprendida.

—Esa casa ya no es importante, ¡y tampoco Hastings!

—Pero si dijiste bien claro que había dos líneas de investigación. Por una parte, la fotografía y la noticia que guardaba tu padre; y por otra, ese tal Hastings y su casa, ¿no?

—Pues ya no, ¿de acuerdo? Tenéis que avisarme antes de tomar decisiones sobre la investigación.

Daniel estaba fuera de sí; y Sara y Jonatán desconcertados. No entendían la reacción de su amigo.

—Creo que no es para ponerse así. Están intentando ayudarte, Daniel, y no creo que ésta sea la mejor forma de agradecérselo.

Las palabras de Jonatán tocaron la conciencia de su amigo. Daniel se dio cuenta de que, llevado por la preocupación para que no descubrieran nada sobre el Club del Crimen, se había comportado como un borde y un desagradecido. Se disculpó e intentó explicarse.

—Lo siento, os aseguro que os estoy muy agradecido por todo lo que estáis haciendo. Lo único es que la pista de Hastings ya no nos vale, tenemos que centrarnos en la sociedad secreta.

—Entonces estáis perdiendo el tiempo. Laura te va a enviar el correo con el reportaje, ¿no?

—Sí, tienes razón. Jonatán, ¿te vienes conmigo?

Jonatán parecía dudar.

—Había pensado irme a casa y ponerme con lo de la fotografía. ¿Por qué no me la envías por correo electrónico?

—Vale, si quieres la escaneo y te la envío.

—¡Genial! Ya verás cómo hoy mismo vas a tener el careto de todos los de la foto.

—Ya veremos, te veo muy confiado con ese programa. Yo no lo creeré hasta que no lo vea.

—Cómo se nota que no tienes ni idea de informática…

Sara les interrumpió.

—Yo me tengo que ir. Vamos a ir a celebrar mi primera actuación en público. Ya sabéis cómo son mis padres, les encanta esto de las celebraciones.

—¡Qué suerte! Tú aprovecha —le comentó Jonatán.

—¡Espero vuestras noticias! ¡Estoy impaciente!

Les dio un beso y se dirigió al coche. Daniel la siguió con la mirada y se acordó de algo que quería preguntarle.

—¡Sara!

Ella se dio la vuelta. Daniel se acercó a ella mirando a los lados para asegurarse de que nadie les escuchaba.

—Cuando leíste esos artículos en Internet, ¿alguno decía algo sobre el contenido del reportaje?

—No decían mucho, parece ser que el periodista había mantenido el reportaje en secreto.

—¿Y no leíste nada más sobre esa sociedad secreta?

—Bueno, la verdad es que sí. Un artículo decía cuál podía ser su nombre, aunque no es seguro.

—¿Y cuál es? —preguntaron Daniel y Jonatán al unísono.

—La Hermandad de la Sombra.

Sara se marchó, dejando a sus amigos en el mismo lugar, quietos, pensativos, sobrecogidos por lo tétrico que sonaba el nombre de la sociedad secreta.

La Hermandad de la Sombra

Daniel entró en casa de forma atropellada, pasó de largo por el comedor donde estaban sus abuelos, dejando una especie de gruñido como saludo, se fue directo a su habitación y encendió el ordenador. Comprobó con decepción que Laura no le había enviado aún el correo electrónico. Intentó llamarla nuevamente, pero su móvil no daba señal. Se paseó un rato por la habitación, impaciente, sin saber qué hacer. Se acercó a la jaula de Book para hablar con él, pero éste se había quedado dormido y no parecía que fuese a despertar.

Se acordó entonces de la fotografía que tenía que enviar a Jonatán. La cogió del cajón de su mesilla y, después de escanearla, se la envió a su amigo. Volvió a consultar el correo, pero Laura seguía sin dar señales de vida. Finalmente, salió de la habitación y se dirigió al salón, donde, para su sorpresa, encontró a Emilio, su abuelo materno, que charlaba con sus otros abuelos.

—Hola, ¿qué tal?

—Bueno, veo que has recuperado los buenos modales —le recriminó su abuela.

—Perdonadme, es que tenía que hacer algo urgentemente y no me había dado cuenta…

—Venga, no te preocupes y dame un beso —dijo Emilio abriendo sus brazos para saludar a su nieto.

Daniel tenía mucho aprecio a su abuelo Emilio. Veinticinco años antes, con los 50 recién cumplidos, falleció su mujer, la abuela de Daniel, a la que éste no pudo conocer. Emilio sufrió mucho y le costó salir adelante. Unos años después, cuando se jubiló, decidió dedicar todo su tiempo a colaborar con ONG cristianas repartidas por todo el mundo, que ayudaban a los más necesitados y llevaban biblias a los lugares más remotos, traduciéndolas a sus lenguas. Después de estar décadas en el mismo trabajo, como personal civil en un acuartelamiento militar, Emilio se dedicó en cuerpo y alma a su nueva ocupación. Después, cuando las fuerzas ya no le acompañaban, decidió ingresar en una residencia de ancianos. Su madre montó un número, llamó a sus dos hermanas y a su hermano para intentar convencerle de que estaría mejor viviendo con ellos, pero resultó imposible, Emilio quería vivir de forma independiente, era un espíritu libre y no cedió a pesar del enfado de sus hijos, especialmente de la madre de Daniel. Desde el accidente, acudía todas las semanas para ver a su hija y, en ocasiones, pasaba por casa para ver a su nieto. A veces Daniel también le visitaba en la residencia y se lo pasaba en grande escuchando sus historias. Sabía que su abuelo tenía un carácter muy particular, era algo excéntrico, pero a él le encantaba.

—¿Sabes, Daniel? Cuando estaba en el hospital con tu madre, vino un policía.

—¿El inspector Vázquez? —preguntó Daniel con curiosidad.

—Creo que sí, no me fijé mucho cuando me dijo su nombre. Lo que sí puedo decirte es que es un tipo un poco amargado. La educación y la simpatía no son su fuerte.

—¡No me digas más! ¡Es el inspector Vázquez, sin duda!

—¿Y qué quería? —preguntó Pedro.

—Pues quería saber si había alguna novedad con Ana, y poco más. A mí me extrañó su visita y le pregunté si pasaba algo. Entonces me comentó todo el episodio de la comisaría y… Daniel, creo que no le caes precisamente bien.

Daniel le contó a continuación su propia versión de los hechos, haciéndole ver a su abuelo las razones que tenía para creer que el accidente de sus padres podía haber sido provocado. Por supuesto, no comentó nada sobre Hastings, ni el Club del Crimen, ni la Hermandad de la Sombra. Aún así, su abuelo se mostraba muy interesado.

—¿Sabes qué te digo, Daniel? Que sigas investigando. Esto es muy raro y tenemos que averiguar qué es lo que está pasando.

Daniel se alegró de que su abuelo le apoyara, pero temía que ahora quisiera colaborar él también en la investigación. Sería complicado mantener en secreto todo lo que sabía.

—Eso, tú encima anímale, Emilio —le recriminó Juana—. Tenemos que dejar que la policía se encargue de todo. Hay que confiar en ellos.

—¿Confiar en ese inspector? No, yo prefiero confiar en mi nieto. Sus células grises casi nunca fallan, ¿verdad?

Daniel sonrió, agradecido y orgulloso por las palabras de su abuelo.

—Pero puede ser peligroso —insistió Juana.

—Déjalo ya, mujer —intervino Pedro—. No vamos a discutir ahora por esto. Emilio tiene razón, no creo que tenga nada malo que Daniel investigue qué ocurrió realmente.

—Y podemos ayudarle en la investigación —añadió Emilio.

Daniel se encontraba en un serio aprieto.

—¡Gracias, abuelos! Pero no es necesario. Ya sabéis que cuento con la ayuda de Jonatán, Sara y Laura, ¡formamos un equipo perfecto!

—¿Perfecto? —intervino su abuela—, con ellos lo único que haces es meterte en problemas.

—Pues yo creo que hasta ahora se las han apañado muy bien ellos solos, ¿no? —comentó Pedro.

Daniel permanecía en silencio, sin saber muy bien cómo podría terminar todo. Creía que lo mejor era no decir nada para no estropearlo más.

—Pedro tiene razón. Nuestro nieto es inteligente y tiene unos amigos con los que puede contar para lo que necesite.

Emilio miró a su nieto con seriedad antes de continuar.

—Pero ten cuidado, por favor. En el momento en que veas que hay algo que puede ser peligroso, nos cuentas. Tiene que ser la policía quién se encargue de todo.

Daniel miró hacia el suelo, pensando en todo lo que había descubierto. ¡Si ellos supieran toda la verdad!…

—Y otro consejo, ¡desconfía de todo el mundo!

—¿Cómo?

—Lo que oyes. No te fíes de nadie, ni de ese inspector. Ya sabes la frase: «Las apariencias engañan». Esto vale para no juzgar a nadie de forma negativa por sus apariencias, pero también para no ser confiado con alguien que no conoces simplemente por ser amable contigo. Ya lo dice la Biblia ¿no?: «Satanás se disfraza como ángel de luz».

Daniel se quedó callado, pensando en las palabras de su abuelo.

—¡Y sé prudente! Cuando es necesario, hay que ser valientes, pero sólo cuando es necesario. De nada sirve arriesgar la vida de forma inútil.

—¡Totalmente de acuerdo! —exclamó Daniel.

—Y ya sabes, si me necesitas, puedes contar conmigo. Soy mayor y ya no tengo las mismas fuerzas que antes, pero no olvides el refrán: «La experiencia es un grado». Además, ¡todavía tengo más energía que muchos de esos jóvenes!

Emilio terminó la frase levantándose y haciendo gestos enérgicos con los brazos. De repente, se retorció con un gesto de dolor.

—¡Mi espalda! Creo que me ha dado un tirón.

—Si ya sabía yo que esto iba a terminar mal —comentó Juana.

Entre todos le ayudaron a sentarse, pero él intentaba resistirse.

—Dejadme, si no necesito ayuda. Ha sido un simple tirón. A cualquiera le podría pasar.

Finalmente se sentó y su abuela fue a por una crema.

—Emilio, que ya no somos unos niños —le comentó Pedro con un tono cariñoso.

—Ya lo sé, ¡ya me gustaría a mí!

El móvil de Daniel sonó en ese momento. Era otro mensaje de Laura, le acaba de enviar el correo electrónico. El corazón de Daniel se aceleró.

—Abuelo, ¿estás bien?

—Sí, tranquilo, Daniel. ¡Estoy como un toro!

—¿Seguro?

—Qué sí, de verdad.

—Voy a ir un momento a la habitación, ¿vale?

Daniel se despidió, no sin antes asegurarse nuevamente de que su abuelo estaba bien, y se dirigió corriendo a la habitación. Entró en su cuenta de correo y leyó el mensaje de Laura. Imprimió el archivo que le había enviado y cogió las dos páginas del artículo para leerlo.

El título era enigmático: «Conspiraciones en la sombra» y estaba firmado por Eric Mèxes. El artículo comenzaba haciendo referencia a la noticia sobre el hallazgo en los subterráneos de París. El periodista afirmaba que la policía ocultó la verdad a la opinión pública, ofreciendo una versión descafeinada de lo que se encontraron en los túneles. La versión oficial no mencionó nada sobre los cadáveres encontrados, ni sobre el mensaje escrito con sangre. Tampoco contaron que uno de los policías había sido asesinado. Eric pasaba a continuación a hacer referencia a la sociedad secreta que había provocado las muertes y que tenía su guarida en los túneles de París. Se trataba de «La Hermandad de la Sombra», una sociedad secreta de origen desconocido, pero que el periodista señalaba como un poder en la sombra, cuyas redes se extendían por todo el mundo, formada por una serie de criminales que estaban detrás de muchos delitos. La Hermandad habría conseguido infiltrase entre las fuerzas de seguridad y de inteligencia de las más grandes potencias del mundo, incluso en algunos de los gobiernos. No existían pruebas que demostrasen su existencia, se desconocía la identidad de sus miembros, tampoco se sabía quién era su líder, pero varias personas en los últimos años habían intentado investigar sobre esa sociedad, y todas habían resultado muertas.

Daniel hizo una pausa al finalizar la primera página e intentó asimilar lo que había leído. Estaba impresionado. ¿Podía ser verdad lo que había escrito el periodista? Hasta ese momento no había aportado ninguna prueba, así que se dispuso a leer la otra hoja. El periodista mencionaba los nombres de las personas que habían muerto, para comentar a continuación un dato que dejó a Daniel petrificado. Eric sospechaba que una de esas personas, concretamente un periodista español, había conseguido una prueba que identificaba a algunos de los miembros de la Hermandad. No se sabía cómo había llegado a sus manos, pero se trataba de una fotografía que se hicieron los miembros de la sede de París.

Ese periodista murió y nada se supo sobre la fotografía, seguramente la Hermandad se hizo con ella. También existía otra posibilidad, una nueva línea de investigación que había descubierto recientemente. Se trataba de otra organización: «El Club del Crimen».

El corazón de Daniel dio un vuelco al llegar a la última frase. Siguió leyendo con gran interés el resto del reportaje, en el que el periodista hablaba sobre el club, compuesto por personas que se dedicaban a combatir el crimen, y que habían descubierto la existencia de la Hermandad y estaban dispuestos a terminar con ella. Finalizaba el reportaje mencionando que iba a seguir investigando, aún sabiendo que su vida estaba en peligro.

Daniel dejó las hojas a un lado y cogió la fotografía que estaba dentro del escáner. La miró con detenimiento, convencido de que era la misma que se mencionaba en el artículo. Estaba temblando, ese artículo no sólo hablaba sobre la Hermandad de la Sombra, sino que también conocía la existencia del club al que pertenecía su padre. No sabía cómo, pero la fotografía que había conseguido el periodista español llegó a manos de su padre y por eso le mataron. Ahora todo cobraba sentido y la realidad que aparecía resultaba inquietante. Recordó las palabras que acababa de decirle su abuela: «*En el momento en el que veas que hay algo que puede ser peligroso, tiene que ser la policía quién se encargue de todo*». Y también el consejo de su abuelo Emilio: «*Cuando es necesario, hay que ser valientes, pero sólo cuando es necesario. De nada sirve arriesgar la vida de forma inútil*». Se sentía desbordado y había llegado el momento buscar ayuda. No podía confiar en el inspector Vázquez, pero sí en Hastings. Se arrepentía de nuevo de no haberle contado antes todo lo que sabía. ¿Cómo le podía encontrar? Cuando se despidió le dijo que no volverían a verse nunca.

—¡Claro!, ¡podría intentar de nuevo contactar con él en la casa!

Daniel se había levantado de golpe y había hablado en voz alta. La casa de Hastings ya no era un lugar seguro y probablemente dejarían de utilizarla. Pero todavía era pronto, seguro que seguían recibiendo correo allí y en algún momento volvería a consultar el buzón. Tenía que ir inmediatamente, pero ¿cómo? El sitio estaba lejos, no había metro cerca y no podía pedirle otra vez a Sara que hablase con su hermano.

Entonces se acordó de que estaba su abuelo Emilio. Con sus 75 años todavía conducía perfectamente, a pesar de que su madre le decía que debía dejarlo, que era peligroso. Emilio no hacía caso y se movía por todas partes con el coche. Daniel tuvo que pensar en qué podía decirle para que no pareciera sospechoso. Mientras lo hacía, escaneó la noticia que guardaba su padre y copió el archivo en un CD, junto con el archivo de la foto y el del reportaje del periodista francés. Se disponía a salir de la habitación cuando recibió otro mensaje en el móvil, esta vez de Jonatán. Había ampliado la fotografía, pero no había habido suerte, no se veían las caras. Había una especie de resplandor, a lo mejor del flash o de algún foco, que no dejaba ver los rostros con claridad. Aún así, iba a seguir intentándolo.

El mensaje de su amigo no hizo sino confirmar su decisión de llevarle la información a Hastings. Se dirigió al salón, donde encontró nuevamente a sus abuelos y comprobó que Emilio ya estaba totalmente recuperado.

—Bueno, yo me voy a marchar, que va a ser la hora de cenar en la residencia.

—¿Por qué no te quedas a cenar con nosotros? —preguntó Juana.

—Gracias, pero ya sabes que no quiero molestar.

—Si no es molestia, ya lo sabes.

—Ya, pero así puedo pasar siempre que quiera con libertad, sabiendo que no os pongo en el compromiso de tener que invitarme.

—¡Mira que eres testarudo! Venga, hombre, quédate —insistió Juana.

—Déjale, no insistas —comentó Pedro saliendo en ayuda de Emilio—. Ya se quedará otro día.

Juana se rindió y Emilio les hizo un gesto con la cabeza en señal de agradecimiento. Daniel intervino antes de que se fuese.

—Abuelo, ¿puedes llevarme con el coche a un sitio?

Todos le miraron sorprendidos.

—¿Dónde vas a estas horas? —preguntó su abuela preocupada.

—Es que tengo que entregar algo que es urgente, no puedo esperar.

—¿A quién?, no entiendo yo tanto misterio —preguntó su abuela con desconfianza.

—Supongo que nuestro nieto tiene secretos que no quiere contar, ¿verdad? —le preguntó Emilio, guiñando un ojo.

Daniel asintió con la cabeza sin saber qué decir.

—Pues tendrás que contarlo si quieres que te dejemos ir —insistió Juana.

Daniel estaba en una encrucijada, tenía que haber pensado mejor lo que iba a decir, estaba claro que no le iban a dejar.

—¿No te habrás metido en un lío? —preguntó Pedro.

—Más bien, es para salir de uno… —contestó Daniel, intentado usar todo su ingenio.

Emilio le miraba intrigado, decidió salir en su ayuda.

—Bueno, no quieres contar nada y seguro que tienes tus razones. Te puedo acompañar, pero con una condición. Dejas lo que quieres dejar a quién sea y vuelves otra vez conmigo.

Daniel no dijo nada, pero en verdad era lo que tenía planeado.

—A mí me parece perfecto —comentó su abuelo Pedro.

—No sé, no me convence —dijo su abuela.

—Por mi parte está bien. Os aseguro que no es nada raro, dejo una cosa y vuelvo con el abuelo. Confiad en mí.

—Venga, Juana, si fuera tan secreto no le habría dicho a Emilio que fuese con él —le tranquilizó su marido—. Ya sabes cómo es Daniel, siempre tan misterioso. ¡Seguro que no es para tanto!

Juana cedió y, pocos minutos después, Daniel se encontraba en el coche hablando con su abuelo Emilio. Éste se había mostrado prudente y no le había preguntado nada sobre lo que iba a hacer, aunque Daniel se sentía incómodo. No le gustaba tener que ocultarle a sus abuelos lo que estaba haciendo, se sentía como si les estuviera mintiendo, aunque en realidad no lo estaba haciendo. Le indicó a su abuelo dónde quería ir y éste puso la dirección en el GPS. Durante el trayecto, Emilio se interesó en cómo le iban las cosas a su nieto y cómo estaba de ánimo. Daniel pudo desahogarse en cuanto a sus sentimientos de tristeza y frustración, al no entender por qué les había pasado eso a sus padres. Emilio le escuchó con comprensión y, cuando Daniel terminó de hablar, estuvo un rato en silencio, pensando bien lo que iba a decirle. Se acordó de un versículo de la Biblia que a él le ayudó mucho cuando su mujer murió.

—¿Sabes lo que dijo Jesús a su discípulo Pedro antes de morir?

Daniel negó con la cabeza.

—«Lo que yo hago, tú no lo comprendes ahora; mas lo entenderás después».

—¿Y...?

—Pues que había muchas cosas que Jesús hacía y decía, que los discípulos no entendían en ese momento. Pero después lo comprendieron todo. Lo que estaba pasando tenía un sentido, aunque ellos no lo vieran así.

Daniel miraba por la ventilla, reflexionando sobre lo que su abuelo le había dicho.

—Como lo de mis padres, ¿no?

—O lo de la abuela... —comentó Emilio, sin poder disimular su emoción.

—¿Tú ya has comprendido por qué tuvo que morir? —preguntó Daniel, mostrándose muy interesado.

Emilio tuvo que esperar unos segundos antes de contestar.

—No es tan fácil, Daniel. No siempre lo podemos entender todo en esta vida. Hay veces que Dios hace cosas que no llegaremos a comprender hasta que muramos, pero tenemos que confiar en que tiene un propósito.

—Ya, claro, eso es muy fácil decirlo, pero a mí me cuesta mucho confiar en algo que no veo.

—A mí también, pero la vida es así. De hecho, no es sólo con Dios; tenemos que actuar así muchas veces. Por ejemplo, ahora.

Daniel le miró sorprendido.

—¿Ahora?, ¿por qué lo dices?

—Te estoy acompañando a hacer algo que no sé lo que es, pero confío en ti y sé que si no me lo cuentas es porque es lo mejor. ¿Lo comprendes? Te conozco, y me has dado suficientes razones para que pueda confiar en que lo que haces tiene un propósito. Por eso te estoy acompañando, aunque no entiendo lo que haces y no respondiste a las preguntas que te hicimos.

—No es lo mismo...

—Claro que no. Si confío en ti... ¡cómo no voy a hacerlo en Dios!

Los dos rieron y Daniel siguió todo el camino pensando en las palabras de su abuelo. Tenía que reconocer que era muy lógico lo que había dicho, así que lo anotaría en su mente para reflexionar tranquilamente más adelante.

Después de unos minutos, llegaron a la casa de Hastings. Emilio miraba extrañado a su alrededor sin entender qué quería hacer allí su nieto. Pasaron por delante de la casa, Daniel se fijó en que no había nadie y le dijo a su abuelo que aparcara en la calle que había a la izquierda, tal y como hizo cuando fueron con Gema y Laura. Cuando el coche se detuvo, Daniel se dispuso a bajar.

—Voy a dejar algo en el buzón de esa casa y ahora vuelvo.

Emilio no le quitaba ojo de encima.

—Ten cuidado.

Él asintió y abrió la puerta. Antes de bajar, su abuelo volvió a hablarle.

—Daniel, averiguar qué les pasó a tus padres es muy importante, pero no a cualquier precio. No te metas en un hoyo tan grande del que luego no puedas salir.

Daniel se dio la vuelta y le miró directamente a los ojos con expresión firme.

—Te aseguro, abuelo, que lo que estoy haciendo es pedir ayuda para salir del hoyo.

Su abuelo sonrió y asintió con la cabeza mientras observaba cómo su nieto giraba la esquina y desaparecía de su vista.

Daniel se dirigía hacia la casa muy inquieto. Estaba anocheciendo y la calle se hallaba vacía, tal y como la encontraron la vez anterior. Ese barrio seguía pareciendo un pueblo fantasma. Sacó la funda con el CD y la dejó en el buzón. Iba a marcharse cuando escuchó un ruido dentro de la casa. Se asomó por la verja para ver el interior, pero no había nadie en el patio y las persianas estaban bajadas. Miró hacia su alrededor para asegurarse de que no había nadie y saltó la valla. El patio tenía un pequeño huerto y una piscina que se encontraba cubierta por una lona. Se dirigió hacia la puerta interior, pero estaba cerrada. Dio la vuelta a la casa y se encontró abierta la puerta del garaje. Se quedó un rato escuchando para ver si oía algún ruido, pero fue inútil, no parecía haber nadie dentro. *A lo mejor es un gato, o peor, una rata*, pensó. Pero entonces volvió a oírlo, esta vez más nítido. Era un ruido de muebles, como si alguien estuviese abriendo las puertas de los armarios de forma violenta. ¿Estarían buscando algo como en su casa y en la consulta de su padre?, ¿Tal vez Hastings, que estaba recogiendo todo lo que había dentro de la casa para marcharse de allí? Sería lo más probable, ya que ese lugar había dejado de ser seguro.

Estuvo dudando sobre qué hacer, pero la posibilidad de que fuese Hastings y de que pudiese darle directamente el CD hizo que venciese el miedo y entrara en la casa. Lo hizo con mucho cuidado, intentando no hacer ruido. En el garaje había un coche descapotable de lujo, pero pasó de largo casi sin mirarlo, no era el momento de detenerse a admirar el coche. La puerta del garaje daba a un pasillo y, al fondo, se distinguía una luz. Daniel avanzó de forma sigilosa, mientras seguía escuchando el ruido de alguien moviéndose en la habitación donde estaba la luz. Sin darse cuenta, dio una patada a una maceta que había en el centro del pasillo. ¿A quién se le ocurre poner una maceta aquí?, pensó. Se quedó en silencio, esperando que no le hubiesen escuchado, pero desde ese momento ya no oyó ningún ruido en la habitación. Se acercó despacio y se asomó por la puerta. Era un despacho con una mesa y varias estanterías. Alguien había estado revolviéndolo todo y se había marchado por la otra puerta que tenía la habitación, al escuchar el ruido de la maceta al caer. Daniel entró en el despacho y observó el caos que habían provocado.

—¿Hastings?, ¿estás ahí? —preguntó Daniel tímidamente.

En ese momento se escuchó otro ruido en la habitación de al lado. Daniel fue corriendo y entró, esta vez sin pararse a mirar demasiado. Estaba a oscuras y buscó el interruptor de la luz. Mientras lo hacía se tropezó con alguien que también estaba en la habitación. Daniel dio un gritó y la persona con la que chocó, también.

—¡Hastings!, ¿eres tú?

—¿Cómo que Hastings?, ¡soy yo!, ¡tu abuelo!

—¿Qué haces aquí? —preguntó, mientras seguía buscando el interruptor.

—Como tardabas he salido a ver qué podía pasar. He escuchado ruido en la casa y he entrado.

En ese momento, Daniel encontró el interruptor y encendió la luz. Emilio tenía cara de estar muy asustado.

—¿Estás bien, Daniel?

—Sí, estoy perfecto, ¿y tú?

—Yo también. ¿Qué haces aquí? Me dijiste que sólo ibas a echar algo en el buzón —le recriminó.

—Y es verdad, créeme, pero escuché ruido en la casa y pensé que podía estar la persona con la que quería hablar. Salté la valla y… —Daniel miró a su abuelo, sorprendido—. ¿Tú cómo has entrado?, ¿no habrás saltado la valla?

—Podría haberlo hecho sin problemas… pero lo tuve fácil, la puerta estaba abierta.

—¿Y no viste a nadie cuando entraste?

—No, estaba todo vacío hasta que te encontré.

Daniel se quedó pensativo mientras su abuelo le miraba de forma inquisitiva.

—Tienes que contarme lo que está pasando.

—No puedo, tienes que confiar en mí, abuelo.

—¿Y no crees que ya lo estoy haciendo? Pero todo esto es muy raro, Daniel. No puedes estar metiéndote en casas ajenas, ¡esto es allanamiento de morada!

—Ya lo sé, pero es una historia muy larga…

—Por eso no hay problema, no tengo prisa.

—De verdad, abuelo, ahora no puedo contártelo.

Emilio se quedó en silencio, estaba cada vez más serio.

—Te voy a dar un día, Daniel. Arregla lo que tengas que arreglar, habla con quien tengas que hablar, pero mañana me vas a contar todo lo que está pasando.

Daniel iba a protestar, pero su abuelo se lo impidió.

—No hay más excusas. Esto puede ser muy peligroso y no quiero que te pase nada. ¿Y si en lugar de a mí, te hubieras encontrado a alguien que quisiera hacerte daño? ¡No puedes entrar solo en una casa sin saber quién hay dentro!

Daniel agachó la cabeza sin decir nada. Sabía que su abuelo tenía razón, pero no podía contarle nada sobre Hastings ni el Club del Crimen.

Era algo secreto, su padre no había podido decírselo a nadie de su familia y él tampoco podía hacerlo. Tenía que esperar a que Hastings viese el CD, a lo mejor entonces podía contarles todo, pero no por ahora. Tendría que convencerle en el viaje de vuelta. Iba a ser difícil, pero tenía que intentarlo.

Emilio le hizo un gesto a Daniel para que saliera y juntos se dirigieron hacia la puerta de la casa, sin dejar de mirar a los lados por si aparecía alguien. Cuando llegaron a la calle, Daniel tuvo un extraño presentimiento. Fue corriendo hacia el buzón y miró en su interior. ¡Se habían llevado el CD!

—Vamos, Daniel, ¿qué haces ahora?

Daniel le siguió sin dejar de pensar en quién podría haber cogido el CD del buzón. ¿Había sido Hastings?, ¿era él quién estaba en la casa? Entonces, ¿por qué no le dijo nada? Seguramente porque también estaba su abuelo, claro, tenía que ser eso. Por un momento pensó que podría haberlo cogido otra persona, pero después descartó la idea. Tenía que haber sido Hastings, ya estaba, ya lo tenía. Seguro que en el club tendrían los mejores aparatos para analizar la foto y descubrir quiénes eran esas personas. Él había asegurado que tenían incluso mejores medios que la policía.

Ahora sólo le quedaba esperar a que Hastings se pusiera en contacto con él. Estaba seguro de que lo haría si descubría algo. Le había dicho que el club estaba en deuda con su padre. Pero tenía que ser pronto, porque su abuelo iba en serio y, si no se lo ocurría nada antes, al día siguiente iba a comenzar un interrogatorio implacable. ¡Hastings!, ¡estoy en tus manos!, ¡no me falles! Dijo para sí, mientras caminaba detrás de su abuelo.

Las apariencias engañan

Llegaron a casa y Emilio detuvo el coche delante de la puerta del portal. Daniel se despidió de él y le agradeció que le hubiese acompañado, aunque se sentía abatido, porque no había conseguido convencerle. Lo había intentado, pero su abuelo se había mostrado inflexible.

—Abuelo, tienes que entenderme. No puedo contarte nada —le había dicho.

—Creo que esta conversación ya la hemos tenido antes.

—Ya, pero es que no me escuchas.

—¿Cómo que no te escucho, Daniel? Eso no es cierto y lo sabes. Me importa lo que dices y lo que te ocurre, por eso quiero que me cuentes de una vez lo que está pasando.

—Pero no me crees cuando te digo que no te lo puedo contar.

—Sí que te creo, y hasta ahora lo he respetado. Pero no puedo esperar más. Estoy muy preocupado por ti, también Juana y Pedro. ¿No lo entiendes? Te están cuidando y se merecen saber lo que está pasando. ¡Y Yo! Que para eso también soy tu abuelo.

—Pero yo tengo cabeza, tienes que confiar. Te he pedido que vengas conmigo, ¿no? Si hubiese querido habría venido solo.

—¿Ah, sí?, ¿cómo? Daniel, que te conozco. Si no hubieses necesitado el coche, otro gallo habría cantado.

Daniel no podía contestarle, tenía razón. Se le acababan los argumentos.

—Y tienes que dar gracias de que te deje un día de margen. Eso es porque confío en ti. En caso contrario, pararía el coche ahora mismo y no te dejaría hasta que me contases todo.

—¡Eso sería acoso!

—¿Me denunciarías a ese inspector Vázquez?

Daniel no pudo evitar reírse. Ésa era otra de las cualidades de su abuelo, mantenía el sentido del humor aún en las peores situaciones. Emilio detuvo el coche y miró a su nieto.

—Mañana por la tarde iré a verte. Sabes que no lo hago por fastidiarte.

—Ya lo sé. Venga, arranca.

Daniel no protestó más.

Cuando Emilio se marchó, Daniel entró en casa y se encontró con sus abuelos esperándole, impacientes. Daniel había visto a su abuela asomada a la ventana, mirando con preocupación.

—¿Qué tal, Daniel?, ¿va todo bien? —preguntó Juana.

—Sí, abuela.

—¿Y Emilio?, ¿ya se ha ido? —preguntó Pedro.

Daniel iba a contestar, pero se adelantó su abuela.

—Sí, lo he visto por la ventana… no es que estuviera espiando, es que dio la casualidad…

Pedro la miró con un gesto de recriminación, pero Daniel sonrió e hizo un gesto con la cabeza, quitándole importancia.

—Es que nos tenías preocupados. No tenías que haberte marchado.

—Daniel, ¿podemos ayudarte en algo? —preguntó su abuelo preocupado—. Ya sabes que puedes contar con nosotros para lo que sea.

—Ya lo sé, abuelo, gracias.

—¿Qué está pasando? —insistió su abuela.

—Ahora necesito descansar, mañana os lo contaré todo.

—Pero Daniel, tienes que…

Pedro cogió el brazo de su mujer y le hizo un gesto para que le dejara ir a la habitación.

—¡Buenas noches, abuelos!

—Buenas noches, Daniel, que descanses.

Daniel se retiró a su habitación, mientras sus abuelos le miraban si disimular su tristeza.

—Me preocupa Daniel —comentó Juana.

—Y a mí, pero no debemos agobiarle ni presionarle. Lo único que conseguiríamos es que se cierre aún más y no nos cuente nada.

—Pero somos responsables de él. Estos días está muy raro, tú lo sabes. Y lo que ha hecho hoy, ¿qué? Se trae algo entre manos, tengo miedo de que pueda pasarle algo.

—Está queriendo averiguar qué pasó…

—¿Y por qué no nos cuenta nada? Nosotros también tenemos derecho a saber qué está pasando.

—Tienes razón, pero seguro que hay una explicación. Ha dicho que mañana nos lo contará todo, así que es mejor dejarle tranquilo y esperar. Por una noche más, no creo que vaya a pasar nada.

Daniel, por su parte, entró en la habitación y se tumbó boca arriba en la cama, con la mirada perdida. Se sentía culpable por la preocupación de sus abuelos. Se habían volcado con él, habían estado a su lado en todo momento, convirtiéndose en su apoyo constante. Para ellos también estaba siendo muy duro, ¡habían perdido a un hijo! Y encima tenían que cuidar de su nieto y atender a su nuera, que estaba en coma. Daniel lo comprendía y quería hacer todo lo posible por no serles una molestia. Muchas noches se las pasaba llorando en su cama, recordando a sus padres, intentando no hacer ruido para que no le oyesen; no quería preocuparles. Pero lo estaba haciendo, no estaba siendo justo con ellos. Tenían razón cuando le pedían una explicación, también su abuelo Emilio, pero él se encontraba en una encrucijada. No sabía qué hacer.

Él no se había buscado lo que estaba pasando, pensó. Si el inspector de policía le hubiese hecho caso, seguramente todo se habría arreglado antes. Pero tuvo que dar con un hombre terco y orgulloso que se negaba a aceptar que un joven de 15 años sabía más que él. La culpa de todo era de ese Vázquez, que lo había complicado todo. Aunque, en realidad, su actitud era la que le había empujado a seguir investigando. Y, además, tampoco podía imaginarse que su padre formara parte de ese club, del que no podía desvelar su existencia. ¡Se moría de ganas por contárselo a alguien y poder desahogarse! Pero no podía, su padre había mantenido el secreto durante años y él también lo haría el tiempo que fuera necesario. Seguro que para su padre no fue fácil, no solo tenía que ocultárselo a sus hijos, sino también a su mujer. Aún así, el sentido de su responsabilidad hizo que se mantuviera firme. Él no iba a ser menos, no podía fallarle.

Pero no conseguía tranquilizarse, ¿qué haría al día siguiente? Daniel se sentía confundido, tenía que contarles a sus abuelos toda la verdad, pero sin mencionar al Club del Crimen, ¿tampoco la Hermandad de la Sombra? No sabía qué hacer. Se levantó y puso el CD de André Rieu. Necesitaba relajarse, se sentía bloqueado. Además, estaba impaciente por tener noticias de Hastings. ¿Cuánto tardarían en analizar la foto?, ¡seguro que pronto le llamaría!, ¡no podía aguantar más!

El violín de Rieu comenzó a sonar y su música inundó toda la habitación. Daniel se volvió a tumbar en la cama y se relajó escuchando, sin pensar en nada más. Era algo que sus padres le habían enseñado; aprender a detenerse y estar un tiempo sin pensar en nada, en silencio. Era una forma de relajarse y así parar en medio de todas las actividades del día. No tenía nada que ver con técnicas orientales ni nada de eso, simplemente era aprender a desconectar del ritmo diario. Después de unos minutos, se ponía a reflexionar en pensamientos que le venían a la cabeza, en cosas que le preocupaban o que le habían pasado durante el día. Sentía que su mente estaba más fresca y sus células grises actuaban mejor. Es lo que esperaba que ocurriese ahora, aunque se temía que le iba a resultar complicado. Además, no dejaba de escuchar el ruido provocado por Book, que ya estaba otra vez dando vueltas en la rueda como un loco. La música de Rieu no parecía surgir efecto en su hámster.

Después de unos minutos, Daniel comenzó a repasar todo lo que había acontecido en los últimos días. Todo empezó cuando fue a su casa a recoger las cartas. ¿Quién podía imaginarse todo lo que iba a ocurrir a continuación? Cuando encontró la casa tan desordenada se sintió indignado, alguien se había atrevido a invadir su intimidad. Recordó también el ataque que sufrió en la consulta y la nefasta visita a la comisaría. Veía nuevamente la cara del inspector Vázquez y se ponía enfermo. Le había tratado como un delincuente y no se había creído nada de lo que le había contado. Finalmente, todo había resultado ser cierto. Aún se irritaba al recordar la frase que le dijo en el hospital: *Deja de pensar en conspiraciones y cosas extrañas, ¡ya sabes que eso es cosa de esquizofrénicos!*

Pasaron varios minutos, en los que estuvo relajado, simplemente concentrado en la música. Después empezaron a venirle a la mente varias imágenes de los últimos días. Tenía en la cabeza un montón de piezas sueltas que no encajaban, aunque estaba seguro de que, en el orden correcto, completarían el puzzle. En ese momento sonaba de fondo la canción *Old Castle*, su segunda preferida de Rieu.

Siguió repasando las diferentes piezas que había ido descubriendo. Cada vez sentía su mente más activa, las células grises empezaban a funcionar a pleno rendimiento. Ahora comenzó a rememorar su conversación con Hastings. Siempre se había quedado con la sensación de que había algo clave en lo que hablaron, algún aspecto que no le había terminado de encajar, pero nunca se había parado a meditarlo con tranquilidad. Recordó el encuentro con Hastings, el susto que se llevó cuando éste le abordó en la calle. Las reticencias iniciales cedieron cuando comenzó a contarle toda la verdad sobre su padre. Todavía no había terminado de asimilar que su padre perteneciese a ese club.

El CD de Rieu seguía avanzando y llegó a la canción *Romance for Clara*. Las células grises de Daniel comenzaron a reproducir la conversación con Hastings, algunas de sus frases las recordaba palabra por palabra, ya que tenía una memoria prodigiosa. De repente, lo que en aquel momento no le llamó la atención, ahora cobraba un significado diferente: *La pertenencia al club es secreta y no pueden saberlo ni los propios familiares.* Un rayo de luz se abría paso en su mente, mientras un sudor frío empezaba a recorrerle el cuerpo. Lo siguiente en lo que pensó fue en lo que hablaron sobre el día del accidente de su padre. Recordaba las frases perfectamente:

—*Mi padre le llamó el día del accidente, ¿verdad?*

—*Sí, nos vimos aquel día.*

—*Claro, por eso nadie sabía de dónde venían mis padres.*

—*Nos veíamos en un lugar secreto.*

Recordaba cada gesto de Hastings, su sorpresa cuando le preguntó quién había matado a su padre y también su reacción cuando le contó que había encontrado la casa y la consulta revuelta. Hastings quitó importancia a sus sospechas y le tranquilizó. Finalmente, la conversación acabó, Daniel le siguió por el callejón y se escondió para escuchar la conversación que tuvo por el móvil con Vidocq. Entonces hubo algo que le inquietó, pero no pudo encontrar qué. Ahora una frase golpeaba su mente de forma insistente: *No, no me ha dicho nada relevante, sólo escuchaba, impresionado por lo que le estaba contando...*

Daniel seguía repasando cada frase, mientras por su mente pasaban las caras de todas las personas que había visto en estos días: Gema, Laura, Sara, Eva, Hastings, el inspector Vázquez, el esquizofrénico que le atacó, su amigo Jonatán, sus abuelos. Reproducía los diferentes episodios que había vivido y una certeza comenzaba a abrirse paso de forma alarmante.

¡No podía ser!, ¿cómo había podido estar tan ciego? Lo había tenido delante de sus narices. A continuación varias frases se agolparon en su mente, haciendo que las piezas del puzzle empezaran a encajar. Recordó varias frases de Hastings: *Recientemente se creó el primer sillón para una mujer, Miss Marple [...] yo no elegí el nombre del club, ya estaba cuando llegué hace seis años [...] tu padre sufrió un accidente [...] en el club hemos investigado la muerte de tu padre. Yo mismo he sido el encargado de buscar todas las pruebas posibles...*

Daniel se levantó de la cama sobresaltado. ¿Sería verdad lo que estaba empezando a sospechar? Las piezas comenzaba a encajar de forma perfecta, no había lugar a dudas, las evidencias eran contundentes. ¡Había sido un necio!, ¡no podía perdonarse un fallo así!

Recordó las palabras que su abuelo Emilio le había dicho unas horas antes: *No te fíes de nadie, ni de ese inspector. Ya sabes la frase, las apariencias engañan.* Después, se acordó de lo que comentaba el periodista francés en su reportaje. La Hermandad de la Sombra podría estar infiltrada en la policía de varios países, incluso en sus gobiernos. Daniel se estremeció.

Volvió a repasar nuevamente su conversación con Hastings y, cuando acabó, cogió las hojas del reportaje y se detuvo en la parte en la que hablaba sobre el Club del Crimen. Definitivamente, sus sospechas se estaban confirmando de forma alarmante.

Justo en ese momento, la canción de Rieu estaba llegando a su final y sonó el móvil. Era Jonatán, que estaba muy alterado.

—¡Daniel!, ¿estás en casa?

—Sí.

—¡Mira tu correo!, ¡vamos!

—¿Qué pasa? —preguntó Daniel mientras iba hacia el ordenador.

—¡He encontrado algo en la foto!, ¡no te lo vas a creer!

—¿Qué es?

Daniel estaba entrando en su cuenta de correo y vio el mensaje que le había enviado Jonatán.

—Las caras de la foto no se veían bien, pero había un cuadro detrás de ellos, ¿te acuerdas? —Jonatán hablaba de forma atropellada.

—Sí, venga, dímelo, ya.

—Me di cuenta de que en el cristal del cuadro se reflejaba algo. Lo amplié y se trataba de la cara del que está haciendo la foto. ¿Sabes quién aparece en el cristal? Es…

—¡No! —exclamó Daniel, aterrorizado al ver la fotografía con sus propios ojos.

Jonatán no pudo continuar, Daniel estaba dando gritos, aterrorizado. Se le habían encendido todas las alarmas. La fotografía era la confirmación definitiva de sus sospechas y, además, abría la puerta a un peligro inminente.

—¿Qué hacemos Daniel?, ¡tenemos que llamar a la policía!

—¡No! Primero hay que llamar al hospital. Déjame a mí.

Colgó el móvil de forma precipitada. Llamó al hospital, cuyo número tenía acceso directo en la pantalla del ordenador, y pidió que le pasaran con la planta donde estaba su madre. La espera se le hizo eterna, se puso una enfermera con la que no tenía mucho trato. Le explicó lo que quería, pero ella se mostraba incrédula. Se estaba desesperando, suplicó que le pasaran con Eva, pero estaba atendiendo a un paciente. Daniel, enfadado, dijo de todo a la enfermera y colgó indignado. Después realizó otra llamada y salió de la habitación.

Estaba aterrado, se dirigió hacia el salón y encontró a sus abuelos viendo la tele.

—¡Tenemos que ir al hospital!, ¡rápido! ¡Quieren matar a mi madre!

Un asesino anda suelto

El asesino entró en el hospital sin que nadie le detuviese. Era de noche, había pasado la hora de visita, pero el control de la puerta dejaba bastante que desear, algo que él agradecía. Su paso firme y decidido ayudó a que nadie le preguntara dónde iba ni se atreviese a pararle en la entrada. Se dirigió hacia la zona de los ascensores y esperó la llegada de alguno de ellos. Introdujo la mano en el interior de su cazadora para asegurarse de que la pistola seguía en su lugar. No era la primera vez que iba a matar a alguien, ya contaba con varios muertos a sus espaldas, aunque siempre sentía un sudor frío que le recorría la espalda antes de cometer el crimen. En contra de lo que se pudiera pensar, esta tensión que sentía era algo positivo, ya que le permitía estar siempre en guardia, preparado para cualquier contratiempo. Llegó a la tercera planta y al salir del ascensor miró los carteles y se dirigió hacia el pasillo de la derecha, donde se encontraba la habitación de Ana.

Era tarde, los pacientes ya habían cenado y las enfermeras se encontraban realizando el cambio de turno. Era el momento que había escogido para cometer el crimen, aprovechando la distracción del personal. Se asomó al mostrador del pasillo y comprobó que no había nadie detrás, así que se dirigió con paso decidido hacia la habitación. Se detuvo a escuchar en la puerta para asegurarse que no había nadie dentro. La abrió de forma sigilosa y entró.

La habitación estaba a oscuras, sólo había una luz tenue en la mesilla situada al lado de la cama. Se iba a acercar para disparar cuando oyó ruidos en el pasillo. No tenía tiempo. Puso el silenciador en la pistola y disparó cinco tiros, que repartió a lo largo de la silueta que dibujaba la cama. Finalmente, disparó directamente a la cabeza, dejando un agujero en la frente de Ana. Una gran mancha de sangre comenzó a dibujarse en la colcha, así que sonrió satisfecho. Aún así, como siempre hacía, quería asegurarse de que había cumplido su misión. Comenzó a andar hacia la cama, pero escuchó cómo se abría la puerta de la habitación. No tenía tiempo de esconderse, se dirigió de prisa a la puerta y, antes de que apareciese la persona que había detrás, la abrió de forma violenta y le golpeó con la pistola en la cabeza, sin darle tiempo a identificar de quién se trataba. Después corrió con todas sus fuerzas, empujando a varias de las personas que había en el pasillo, y se dirigió a las escaleras de emergencia. Temía que en la puerta pudiera encontrarse con alguien de seguridad, pero cuando llegó al pasillo observó cómo los dos guardas se dirigían corriendo hacia las escaleras centrales. Se abrochó la cazadora, guardó la pistola y salió por la puerta del hospital sin que nadie pudiese sospechar que había cometido un asesinato.

El taxi se detuvo en la puerta del hospital. Daniel se bajó corriendo, sin esperar a que lo hiciesen también sus abuelos. Durante el trayecto, había realizado varias llamadas al hospital, pero el número comunicaba. Estaba aterrado, sabía que la vida de su madre corría peligro y sentía que llegaba demasiado tarde. Esperaba que la llamada que realizó desde casa hubiese dado resultado y que sirviera para detener al asesino.

En la entrada del hospital había mucho movimiento de médicos y enfermeras. Daniel entró corriendo y se dirigió hacia las escaleras. Un guarda de seguridad se interpuso en su camino.

—¡No puedes pasar!

—¡Van a matar a mi madre!, ¡déjeme pasar!

El guarda le miraba desafiante, le cogió del brazo para llevarle a la puerta. Daniel aprovechó que parecía confiado y le dio una patada en sus partes que le dejó doblado. Cuando se vio liberado, se volvió y corrió hacia las escaleras. Llegó al pasillo y observó que había varias personas en la puerta de la habitación de su madre. Su corazón se aceleró, estaba aterrado, no podía ser, había llegado demasiado tarde. Cuando llegó a la puerta, se abrió paso de forma brusca entre las batas blancas que la obstaculizaban y miró hacia la cama. Cuando vio las manchas de sangre se quedó paralizado y comenzó a gritar.

—¡No!, ¡Mamá! ¡Mamá!

Alguien intentó cogerle, pero él hizo un gesto brusco para apartarse y se acercó a la cama. Estaba todo empapado de sangre, pero no había nadie, ya se la habían llevado. Daniel miró a su alrededor, fuera de sí, con los ojos inyectados en sangre. En ese momento fue consciente de que en la habitación había tres enfermeras y, justo en ese momento, entraba Eva muy alterada.

—¡Daniel, tranquilízate!

—¿Dónde está mi madre?, ¿la han matado?

—¡Tu madre está bien! —le gritó Eva, agarrándole fuertemente de los brazos.

—¿Qué habéis hecho?, ¿por qué no me creísteis? —siguió preguntando y gritando Daniel, sin escuchar las palabras de Eva.

—¿Me has oído? ¡Tu madre está bien! —repitió de nuevo Eva, mirándole directamente a la cara.

Daniel dejó de chillar y se agarró al cuello de Eva, rompiendo a llorar desconsoladamente. Eva le abrazó y dejó que se desahogara, mientras le contaba lo que había ocurrido.

—Mi compañera me dijo que habías llamado diciendo que alguien quería matar a tu madre. Ella no te creía, pensaba que era una broma, pero yo me lo tomé en serio. Cambié a tu madre de habitación. Coloqué en su lugar un muñeco que se utiliza en primeros auxilios.

—¿Y la sangre? —preguntó Daniel entre sollozos, señalando hacia la cama ensangrentada.

—Cogí algunas bolsas de cuidados intensivos y las coloqué encima del muñeco, tapadas con la colcha.

Daniel se quedó mirando la cama con incredulidad. Después se giró hacia Eva.

—¿Le habéis cogido?

Eva miró hacia el suelo con tristeza.

—El resto de mis compañeras no te creyeron, Daniel, sólo yo —comentó, mirando con desaprobación a las demás enfermeras—. Así que tuve que prepararlo todo sola, intentando que nadie se diese cuenta. Cuanto dejé a tu madre en un lugar seguro, volví a la habitación justo cuando ese hombre salía… me golpeó en la cabeza.

En ese momento Daniel se dio cuenta de que Eva tenía algo de sangre en el pelo.

—¿Estás bien?

—Sí, tranquilo, me dio tiempo a apartarme y sólo me dio de refilón, aunque me dejó conmocionada y no pude reaccionar.

Los abuelos de Daniel entraron en la habitación. Eva se dirigió hacia ellos para tranquilizarles y les explicó lo que había sucedido. Juana necesitó sentarse, le faltaba el aire y el resto de enfermeras tuvieron que atenderla.

—¿Y el asesino? —preguntó Pedro.

—Ha huido, ¿no? —añadió Daniel.

—Me temo que sí.

—¿Y la policía?

—¿La policía? Le pedí a una de mis compañeras que les llamase mientras yo preparaba todo. Aceptó a regañadientes y estuvo todo el rato llamando a la comisaría.

—¡Claro! Por eso comunicaba cuando llamé desde el taxi.

—Después de mil preguntas, conseguí hablar con un inspector —habló una de las enfermeras—, pero ya ves, no han venido.

El inspector Vázquez apareció en ese momento por la puerta.

—¿Qué ha ocurrido?

—¡Usted! —le señaló Daniel con el dedo de forma desafiante—. ¿Qué ha pasado aquí?

El inspector ignoró las preguntas de Daniel y se dirigió hacia la cama. Cuando vio la sangre, su cara se transformó.

—¿La han ma…

—¡No!, no la han matado —le interrumpió Eva—, pero lo han intentado. El asesino ha huido, así que le aconsejo que despliegue un dispositivo para atraparlo.

El inspector Vázquez estaba desconcertado, miraba a su alrededor intentando encontrar respuestas a todas las preguntas que se le venían a la mente.

—¿Y esa sangre?, ¿dónde está su madre? —preguntó señalando a Daniel.

—Su madre está bien, y la sangre… bueno, es una larga historia. ¡Pero llame pidiendo refuerzos!, ¡un asesino anda suelto!

Vázquez reaccionó y llamó a comisaria pidiendo que enviasen más hombres.

—¿Alguien le ha visto? Tengo que dar su descripción.

Daniel iba a contestar, pero Eva se le adelantó.

—Pude ver su cara antes de que me golpease. Era moreno, de unos cuarenta años, creo que más o menos de mi estatura. Llevaba una cazadora negra.

El inspector repitió la descripción a la persona que estaba al otro lado del teléfono y terminó la llamada.

—¿Por qué no vino antes? —le preguntó Daniel indignado—, ¡podían haber matado a mi madre!

—Cuando me llamaste, pensé que era otra de tus neuras.

Daniel le miró con odio. Le había llamado después de hablar con el hospital, pero el inspector no le había creído.

—Después llamó un amigo tuyo, no sé cómo se llamaba…

—¡Jonatán!

—Creo que sí, me dijo que estaba pasando algo raro en el hospital.

—¿Y a él tampoco le creyó? —preguntó ahora Pedro.

—Entiéndame, si tuviésemos que hacer caso a todas las llamadas que nos hacen los chavales…

—¿Y cuando llamamos del hospital? —preguntó Eva de forma cortante.

—Entonces me lo tomé más en serio.

Daniel no le dejó acabar y pasó por delante de él sin mirarle. Estaba indignado y prefería marcharse antes de decir o hacer algo de lo que después tuviera que arrepentirse. Eva le siguió.

—¿Dónde está mi madre?

—Está en la habitación 321, al final del pasillo.

—¿Está sola?

—Tranquilo, está en buenas manos.

—¿Estás segura?

—Tú ve a verla, que yo te espero aquí.

Daniel se quedó algo inquieto por las palabras de Eva, pero le hizo caso y fue hacia la habitación. Estaba deseando ver a su madre para asegurarse de que estaba bien. Antes de llegar a la habitación vio a Jonatán y a sus padres que llegaban por el pasillo corriendo. Antes de que llegasen a su altura, apareció Eva detrás de él.

—Está todo bien, no le ha pasado nada a Ana —comentó para tranquilizarlos.

—Pero, ¿es verdad que alguien iba a… matarla? —Preguntó Manuel, aterrado.

—Sí, lo han intentado, pero no lo han conseguido.

—Pensaba que Jonatán estaba exagerando, no me lo puedo creer…

Pilar se acercó a Daniel y le abrazó.

—¿Estás bien?

—Sí, Pilar. Ahora voy a ver a mi madre —dijo, señalando la habitación.

—Vale, vamos —dijo Pilar.

—¿Por qué no me ayudan con los abuelos de Daniel? —preguntó Eva algo nerviosa—. Se han llevado una fuerte impresión y necesitaré refuerzos para tranquilizarles.

Pilar y Manuel asintieron y se dirigieron hacia la habitación. Jonatán se quedó con su amigo.

—Yo te acompaño, Daniel.

Eva se acercó a Jonatán y le cogió del brazo.

—Creo que es mejor que Daniel entre solo. Podemos ver a Ana más tarde.

Eva seguía cogiéndole del brazo. Daniel la miró intrigado, se estaba comportando de forma extraña.

—Gracias, Jonatán, pero Eva tiene razón, prefiero entrar yo solo.

Jonatán hizo un gesto de asentimiento y siguió a Eva, dejando a Daniel en la puerta de la habitación.

Daniel observó cómo se alejaban y abrió la puerta. Asomó la cabeza y se encontró con una habitación enorme, parecía la suite de un hotel.

Estaba en penumbra, sólo una lámpara alumbraba la cama donde estaba su madre, situada en el centro. Daniel suspiró aliviado cuando la vio. Dio gracias a Dios porque estaba bien y pensó en todo lo que le debía a Eva por haber actuado tan rápido. Se estremeció al pensar cómo había encontrado la cama, llena de sangre. Era terrible pensar que podía haber sido la sangre de su madre si Eva no le hubiese creído y la hubiera traído a un lugar seguro. Se acercó a la cama y la besó. Se quedó un rato mirándola en silencio y después se sentó junto a la cama.

—¡Mamá! No puedes imaginar lo que me alegra verte.

Iba a continuar hablando, pero una mano le tapó la boca. Alguien estaba detrás de él, le había agarrado y le tenía inmovilizado. Daniel sintió terror, temía haber caído finalmente en las garras de Hastings. Entonces escuchó una voz y sintió el aliento en su nuca.

—Tranquilo, Daniel, no voy a hacerte daño.

Daniel se resistía y luchaba por librarse de las manos que le sujetaban. La voz no era de Hastings, eso le tranquilizó algo.

—Hazme caso, Daniel. Hastings ha huido y yo no tengo nada que ver con él.

El hecho de que el desconocido supiese su nombre y conociese a Hastings no resultaba tranquilizador.

—Te estoy tapando la boca porque imaginaba que ibas a gritar y no quiero que nadie sepa que estoy aquí. Pero no pretendo haceros daño, ni a ti ni a tu madre. Piénsalo, eres un chico listo, si quisiera haceros algo malo ya os lo habría hecho, ¿no?

Daniel pensó que era lo mismo que Hastings le dijo cuando se encontraron en el callejón. Así que, a pesar de tener lógica lo que le estaba diciendo, había aprendido a no fiarse de nadie. Aún así, se dio cuenta de que no valía la pena resistirse. Tenía que escuchar lo que ese hombre quería decirle.

—Si me prometes que no vas a gritar, te suelto. Dime que sí con la cabeza.

Daniel asintió.

—Ahora tienes que prometerme que no mirarás hacia atrás. ¿De acuerdo?

Daniel volvió a asentir.

—Está bien. Siéntate, Daniel.

El hombre le soltó y Daniel se sentó. Se moría de ganas por mirar atrás y saber quién era ese hombre, pero cumplió su palabra y se mantuvo mirando hacia delante, intentando encontrar algún cristal o una superficie en la que se reflejara la figura del desconocido, pero no tuvo suerte. Escuchó cómo el hombre comenzaba a andar y se situaba a su derecha, en un rincón de la habitación.

—Ya puedes mirar.

Daniel se giró y miró hacia el rincón, pero estaba oscuro y solo se distinguía la silueta de un hombre con una especie de capa o gabardina y un sombrero de ala ancha. No se le veía la cara. Había calculado todo perfectamente para permanecer oculto.

—Siento mucho lo que ha pasado, Daniel. Y me alegro de que todo haya salido bien.

Daniel permanecía en silencio, sin saber qué decir. Ese hombre hablaba de forma amistosa, como si se conocieran de toda la vida. Pero, tal y como le había aconsejado su abuelo, no se fiaba de nadie.

—¿Quién es usted? Creo que no nos conocemos.

—Tú a mí no, pero yo he oído hablar mucho de ti. He visto fotos tuyas desde que eras pequeño.

—¿Cómo…?, pero… ¿quién es usted? —preguntó Daniel desconcertado.

—¿No lo adivinas?

Entonces Daniel se dio cuenta de la persona que tenía delante. No sabía si alegrarse o ponerse a temblar.

—¿Sabes ya quién soy?

—Sí…

—Eres muy inteligente, Daniel. Me recuerdas a tu padre.

Al ver que Daniel no contestaba, siguió hablando.

—Tenía muchas ganas de conocerte en persona.

—Yo no sé si puedo decir lo mismo, Vidocq.

Vidocq

—¿Cómo sé que usted no es cómplice de Hastings? —preguntó Daniel, que aún no se fiaba de Vidocq.

—Llámame de tú, no me trates de usted. Veo que tus padres te han educado muy bien.

—Vale, pero conteste… esto… contesta a mi pregunta.

—Tú sabes que no, Daniel. No sé cómo lo has hecho, pero has averiguado toda la verdad sobre Hastings, algo que yo sólo sospechaba.

—¿Dónde está él ahora?

—Huyó. No pude llegar a tiempo para atraparle.

—¿Lo cogerán?

—Eso espero. Hemos movido todos los hilos del club para atraparlo. Tenemos contactos con el ministerio del interior y con el CNI, así que espero que sólo sea cuestión de tiempo.

—Pero mientras tanto, ¡mi madre sigue en peligro!

—Tranquilo. Aquí estará protegida hasta que atrapemos a Hastings.

—¿Y yo?

—También te protegeremos, no te preocupes. Te aseguro que le atraparemos.

—Pero, aunque le cojáis, la Hermandad enviará a otros para matarla. Sé que la Hermandad de la Sombra tiene gente infiltrada en todas partes.

Vidocq estaba en silencio. Daniel se levantó.

—¡Contéstame!, ¿tengo razón?

—No.

—¿Cómo estás tan seguro?

—Hastings entró en el Club del Crimen hace seis años.

—Eso no contesta a mi pregunta.

—Tranquilo, Daniel, tienes que aprender a tener paciencia. Deja que me explique.

Daniel asintió con resignación y Vidocq continuó hablando.

—Por lo que he podido averiguar, Hastings, bueno, mejor dicho a Jean Guidé, que es su verdadero nombre, perteneció a la Hermandad de la Sombra, formando parte de una sección que trabaja en París. En el año 2004 fueron descubiertos por la policía y Guidé huyó. Desde ese momento firmó su sentencia de muerte, porque la Hermandad no permite errores. Si alguno de sus miembros comete algún fallo, lo eliminan. No dejan lugar para que se defiendan. Es su forma de protegerse.

Daniel se estremeció.

—Creo que en ese momento Guidé se dio cuenta de que necesitaba hacer algo importante para que la Hermandad no lo matase y pudiese volver con ellos. Por eso planeó ingresar en el Club del Crimen.

—¿Cómo lo consiguió?

—A través de uno de nuestros miembros. Conoció a Guidé, y creyó que era la persona adecuada para ocupar el puesto. Nuestro anterior Hastings había fallecido por un infarto y necesitábamos sustituirle con urgencia. Investigamos todos sus antecedentes y no encontramos nada sospechoso. Había fabricado una tapadera perfecta.

—Hasta que mi padre le descubrió, bueno, mejor dicho mis padres.

Vidocq permanecía en silencio.

—Sé que mi madre también formaba parte del club. Ocupaba el sillón de Miss Marple, ¿verdad?

—Te lo contó Hastings, ¿no? Le dije que tenía que contarte toda la verdad sobre tus padres.

—Pues creo que se olvidó el pequeño detalle de hablarme de mi madre. Sólo me dijo que mi padre ocupaba el sillón de Poirot.

—El muy traidor, no quería darte ninguna pista sobre tu madre para que no investigases más, claro.

—Pero me subestimó.

—¿Y cómo lo averiguaste?

—Lo deduje de la conversación. Tenía que haberme dado cuenta antes. Él me dijo que la pertenencia al club era secreta y que no podían saberlo ni los propios familiares. Sin embargo mis padres fueron a verle juntos el día del accidente. Al principio no me di cuenta, pero era tan evidente…

—Aun así, había más opciones. Podían haber ido juntos, y después tu padre separarse e ir a ver a Hastings. ¿Cómo estabas tan seguro?

—Sí, es cierto. Pero también me dijo que se veían en un lugar secreto. Mi padre no podía arriesgarse a llevar allí también a mi madre. Era sólo cuestión de atar cabos. Cuando recordé que me había comentado que recientemente se había creado un sillón nuevo, el de Miss Marple, me di cuenta de que todo encajaba.

—Vaya, eres sorprendente. Sí, después de varios años, tu padre me llamó. Me dijo que no podía seguir ocultándole a tu madre la pertenencia al club. No podíamos perder a alguien como tu padre, era sin duda el mejor, y así lo veíamos todos. Además, tu madre era un fichaje muy interesante. Tenía… perdón, tiene un cerebro privilegiado. Los dos se complementaban de forma perfecta.

—¿Cómo entró mi padre en el club?

—En la facultad. Seguimos a los alumnos más brillantes en todas las especialidades. Valoramos sus notas, pero también su carácter y sus principios y valores morales. Tu padre era un cristiano convencido, un luchador por la justicia. En cuanto le explicamos la naturaleza del club, aceptó sin dudarlo. Todos, cuando entran en el club, leen una frase o una cita. ¿Sabes cual leyó tu padre?

Daniel negó con la cabeza.

—«Bienaventurados los que tienen hambre y sed de justicia, porque ellos serán saciados».

—Era uno de sus versículos de la Biblia preferidos. Es una de las bienaventuranzas que dijo Jesús en el Sermón del Monte. Ahora entiendo por qué lo tenía enmarcado en la pared de casa.

—Pues esa fue la tarjeta de presentación de tu padre.

Daniel estaba impresionado a la vez que emocionado. Pero había algo que antes se había quedado en el aire e intentaba recordar qué era.

—¡Poirot y Miss Marple formaban un equipo perfecto! —exclamó Vidocq con nostalgia.

—No has contestado todavía a mi pregunta. ¿Por qué dices con tanta seguridad que mi madre no correrá peligro?

—Hastings no podía contactar con la Hermandad, recuerda que estaba bajo sentencia de muerte y no podía correr riesgos. Su plan era eliminar a todos los miembros del Club del Crimen, de esa forma se habría ganado el derecho a ingresar nuevamente en la Hermandad de la Sombra, esta vez por la puerta grande.

—¿Y por qué ha tardado tantos años en intentar terminar con el club?

—Nunca nos reunimos todos los miembros, sólo en situaciones excepcionales, como ha sido el accidente de tus padres...

—Pero no lo entiendo. Hastings tenía contacto con todos los miembros, ¿no?

—Sí, pero si los hubiese matado de uno en uno, nos habríamos dado cuenta y le habríamos detenido antes de que acabase con todos.

—¿Entonces?

—Te decía que sólo nos reunimos en situaciones excepcionales o cada diez años. Este año tocaba reunirse y Hastings tenía planeado cometer un atentado para matarnos a todos. Hasta que no hubiese cumplido su objetivo, no podía tener ningún contacto con la Hermandad. Es su forma de funcionar. Por eso te digo que la Hermandad no sabe nada de los miembros del club, tampoco de tu madre, y menos de ti. Fue un error imperdonable el que cometimos con Hastings. Por lo menos podemos estar seguros de que no contactó con ellos.

—Pero ahora habrá ido a buscarles para pedir ayuda, ¿no? Si les encuentra, les contará todo.

—Sí, y eso es lo que vamos a evitar, que Hastings contacte nuevamente con la Hermandad.

Daniel se sintió algo más aliviado.

—Tus padres nos salvaron la vida. Si no hubiesen descubierto a Hastings, nos habría matado a todos. Lástima que él se adelantase y les sacase aquel día de la carretera. ¡Qué traidor!

—También habrá que agradecérselo al periodista que le entregó la fotografía a mi padre.

—Creo que vas a tener que explicarme muchas cosas, Daniel. ¡Sabes más que nosotros! Sospechaba de Hastings, pero no conseguí la información suficiente.

Daniel sonrió sin disimular su orgullo.

—¿Cuándo comenzaste a sospechar de Hastings?

—En el momento del accidente. Sospechaba que podía haber sido provocado, pero no tenía pruebas. Encargué a Hastings que recopilara toda la información sobre el accidente. Le encontré demasiado interesado en afirmar que no había ninguna prueba en contra de la teoría del accidente. Después, cuando me dijo que habías aparecido tú en el buzón y habías escrito la nota dirigida a Hastings, pensé que era imposible, que se lo había inventado.

—Pues era verdad.

—Ya lo sé, ya. Fíjate qué curioso, mis sospechas crecieron por algo que no era un engaño de Hastings. Tu aparición fue clave. Pero, ¿cómo lo averiguaste?

—Mi padre me envió un correo electrónico.

—¿Qué dices…? —preguntó Vidocq fuera de sí.

Daniel le explicó cómo le había llegado el correo con el versículo y el descubrimiento que hizo en el espejo; la noticia y la fotografía. Le contó también cómo había descubierto la existencia del reportaje escrito por el periodista francés.

—¿Y eso lo has descubierto tú con la ayuda de tus amigos?

—Sí, también formamos un buen equipo, ¿no?

—Ya lo creo.

De nuevo se produjo un silencio. No podía decirse con seguridad quién estaba más impresionado, si Daniel por lo que Vidocq le había contado, o éste al enterarse de toda la investigación realizada por el joven.

—¿Cómo descubriste que Hastings te estaba engañando, Daniel?

—Empecé a recordar la charla con él y comenzaron a aparecer piezas que no me encajaban. Cuando acabamos de hablar, escuché la conversación que tuvo contigo por teléfono, cuando te comentó que yo no le había dicho nada relevante; sin embargo, eso no era cierto. Sí que le dije algo importante, le comenté que sospechaba que alguien podía estar buscando algo que tenían mis padres. Era muy extraño que no te hubiese dicho nada, ¿no?

Vidocq emitió un gruñido como señal de aprobación.

—Después recibí la fotografía que me envío Jonatán.

—Tu amigo el informático, ¿no?

—Sí. Había intentado que se viesen las caras de los que salían en la foto, pero resultaba imposible. Sin embargo, descubrió que en el cuadro que tenían detrás de ellos se reflejaba la cara del que realizó la foto. Y, sí, era Hastings.

—Estoy impresionado, Daniel, de verdad. No sé qué decir.

—Llamé a la policía, pero no me creyeron.

—Ya, tendré que hablar con el superior de ese inspector Vázquez…

—Menos mal que Eva me creyó. Salvó la vida de mi madre.

—Sí, es una enfermera eficiente, ¿verdad?

Daniel iba a comentar algo pero se dio cuenta de que Vidocq estaba mirando a su madre.

—Siento tanto todo lo que pasó, si me hubiese dado cuenta antes de que Hastings era un traidor, tu padre estaría vivo y ella estaría bien. ¡Nunca me perdonaré el no haberlo evitado!

—No es culpa tuya.

Vidocq estuvo callado durante uno segundos.

—Estoy seguro de que despertará pronto, ya verás. Tendrás que darle tiempo antes de contarle todo…

—No hará falta, porque ya lo sabe.

—¿Cómo?

—Sí, ahora mismo nos está escuchando, estoy seguro.

—¡Ojalá sea verdad! —comentó Vidocq, sin poder disimular la emoción.

—¿Y qué pasará cuando despierte?, ¿volverá al club?

—No, he decidido renovar todo el club. Aunque estoy seguro de que la Hermandad no sabe nada sobre nosotros, hemos tenido un fallo de seguridad y no podemos permitirnos más errores. Renovaré a todos los miembros y, por supuesto, tengo que encontrar a otro secretario. Necesitaremos cambiar también nuestro lugar de reunión, por si acaso.

—¿Tiene ya elegidos a los candidatos para los sillones?

—Eso es un secreto, no te lo puedo decir.

—No te pido que me digas quiénes son. Sólo si hay candidatos.

—Siempre los hay, seguimos a mucha gente.

—Imagino que los seleccionaría Hastings, ¿no?

—Sí, ¿por qué lo dices?

—Entonces ya no valdrán, tendrá que buscar otros nuevos, ¿verdad?

—Vaya, Daniel, eres sorprendente, pero te estás metiendo en un terreno que no te corresponde. ¡No sigas interrogándome!

Daniel iba a realizar otra pregunta, pero Vidocq le interrumpió.

—Tengo que irme, Daniel. Quiero ver cómo va la búsqueda de Hastings. Sólo quiero que sepas que estoy a tu disposición para todo lo que me necesites.

—¿Para todo, todo? —preguntó Daniel.

—Sí, siempre que no me pidas un millón de euros —contestó Vidocq en broma.

—No quiero dinero.

—¿Y qué es lo que quieres? —preguntó Vidocq con curiosidad.

Daniel esperó unos segundos antes de contestar. Quería darle a la situación la solemnidad que se merecía.

—Quiero ocupar el sillón de mi padre.

El relevo

Vidocq se quedó en silencio.

—Lo digo en serio. Quiero ocupar el sillón de Hércules Poirot —insistió Daniel con firmeza.

—Eso es imposible.

—¿Por qué?

—¿Cuántos años tienes?

—Quince, pero...

—No admitimos a menores de edad —sentenció Vidocq, sin dejarle acabar la frase.

Daniel estaba nervioso, seleccionando las palabras correctas que quería decir.

—Pero la edad no significa nada, tú mismo has dicho que he descubierto cosas que vosotros no sabíais.

—Y es verdad. Eres increíble, de eso no tengo ninguna duda, pero no podemos cambiar las reglas del club. Sólo pueden ser miembros los mayores de dieciocho años, y no hacemos excepciones.

—Olvídate de la edad, ¿vale?

—Pero no puedo olvi...

—Hazlo por un momento, por favor.

Vidocq hizo un gesto afirmativo con la cabeza.

—¿Tú crees que estoy capacitado para ser miembro?

—Ésa no es la pregunta, ya te he dicho que no puede ser.

—Pero contesta, si dejamos la edad a un lado, ¿crees que estaría capacitado?

Hubo un silencio tenso, mientras Daniel esperaba expectante.

—Sí, por supuesto, serías un candidato idóneo.

Daniel sonrió.

—Pero ya te he dicho que no puedes entrar.

—Quiero continuar el trabajo de mi padre, defender la justicia y luchar contra el mal.

—Y eso te honra, te lo aseguro.

—He demostrado que podéis confiar en mí. No le he contado a nadie lo del club, a pesar de que he sufrido muchas presiones.

—Me consta, y te estoy muy agradecido.

—He arriesgado todo por mantener el secreto.

—Daniel, no sigas, por favor. No me lo pongas más difícil —le suplicó Vidocq.

—Tienes que darme una oportunidad, hacer una excepción conmigo…

—Es imposible.

—Ahora mismo no tienes candidatos, porque si fue Hastings quien los seleccionó, ya no sirven, ¿verdad?

—Eso no es del todo cierto. Tengo más recursos aparte de Hastings.

Daniel no quería darse por vencido.

—Podemos hacer un trato; llegar a un acuerdo.

—Es mejor no seguir, Daniel. Tengo que irme…

—¡Solo un momento! Déjame explicarme, será un minuto.

—De acuerdo —accedió Vidocq.

Daniel estuvo unos segundos ordenando sus ideas, quería que su propuesta quedase suficientemente clara.

—Ahora mismo todos los sillones están vacantes, ¿verdad?

—Todavía no. Pero mañana reuniré a los miembros de forma urgente y les comunicaré las novedades. Todos serán cesados.

—Bien, entonces mañana quedarán los sillones vacantes. Y, de momento, sólo tienes algunos candidatos, no hay nadie confirmado, ¿verdad?

—Sí, ya te he dicho que…

—¡Entonces no hay problema!

—¿No hay problema para qué?

—Para reservarme el sillón de Poirot hasta que cumpla los dieciocho años.

—¿Cómo? —preguntó Vidocq.

—Piénsalo, sólo son tres años. Después seré mayor de edad y podré ocupar el sillón de mi padre.

—Es una locura…

—Estos tres años no seré miembro del club, pero podría estar a prueba. He demostrado que puedo resolver casos…

Vidocq no decía nada, parecía pensativo.

—Si demuestro que no estoy a la altura, el sillón lo ocupará otro. ¡No perdéis nada!

No obtenía respuesta.

—Estoy seguro de que mi padre estaría orgullo de que yo ocupase su lugar… —insistió.

Vidocq no contestaba. Daniel se empezaba a desesperar.

—Se lo debéis. ¡Por favor! —suplicó.

Vidocq por fin reaccionó.

—Eres tenaz, persistente y también persuasivo, de eso no hay duda.

—Pero…

—… Y esas son cualidades que valoramos mucho en el club.

El corazón de Daniel dio un vuelco. Iba a decir algo, pero prefirió esperar a que Vidocq continuara, no quería precipitarse.

—No te puedo asegurar nada, Daniel, pero voy a pensar en tu propuesta. Cuando reúna al nuevo club, trataremos tu caso. De momento, dejaré el sillón de Poirot vacante, hasta que los nuevos miembros se pronuncien.

—¡Gracias, Vidocq! —respondió Daniel de forma sincera. No era la respuesta afirmativa que había esperado, pero se le abría una puerta. Sabía que Vidocq no podía hacer más en ese momento, así que no iba a seguir insistiendo.

Se oyó ruido de gente fuera de la habitación. Alguien estaba intentado abrir la puerta.

—¡Te van a descubrir! —exclamó Daniel con preocupación.

—¡Sal y entretenlos un poco!

—¿Y tú?

—Hazme caso.

Daniel se dirigió hacia la puerta y cogió el pomo para evitar que pudiesen entrar. Miró hacia atrás y vio que Vidocq seguía en el mismo sitio.

—¿Volveremos a vernos? —preguntó Daniel.

—Eso nunca se sabe…

—Espero que sí.

—¡Mucho ánimo con todo, Daniel!

Daniel abrió la puerta, salió con cuidado para que nadie viese el interior de la habitación y volvió a cerrarla. En el pasillo estaban todos; sus abuelos, Jonatán y sus padres, además de Eva, que llegaba corriendo en ese momento.

—¡He ido un momento a atender el teléfono y se me han escapado todos! —comentó en broma.

—Queremos ver cómo está Ana —dijo Juana nerviosa.

—Está bien, abuela. Es mejor no entrar.

—¿Por qué? Sólo queremos verla…

—Creo que ahora mismo no sería conveniente —insistió Daniel.

—¡Claro que pueden! —intervino Eva—. Daniel, eres el perfecto guardián de tu madre. Pero déjales pasar, están preocupados.

Juana y Pedro abrieron la puerta casi sin esperar a que Eva terminase y Daniel no pudo impedírselo. Entró detrás de ellos temiéndose lo peor, pero al entrar en la habitación se quedó sorprendido. ¡Vidocq no estaba! A lo mejor se había escondido en el armario, o en el baño. Respiró aliviado, pero en ese momento observó aterrado cómo Pilar se agachaba para mirar debajo de la cama. Después se dirigió a la cortina y la abrió para mirar detrás.

—¿Qué haces? —preguntó desesperado.

—Estoy asegurándome de que esta habitación es segura. Toda precaución es poca después de lo que ha pasado. ¿Y si el asesino está escondido, esperando a que nos marchemos?

—No es necesario, Pilar —intentó disuadirla Daniel.

—¡Claro que sí! No me quedaré tranquila hasta que lo compruebe.

Entró en el baño. Daniel esperaba que en cualquier momento se pusiera a gritar, pero no fue así. Salió y fue directa al armario. Era el único sitio que quedaba por mirar. *Ya está*, pensó Daniel, *se va a descubrir todo*. Pilar lo abrió y, para sorpresa de Daniel, estaba vacío. No pudo evitar emitir un suspiro de alivio.

—Perfecto, no hay nadie.

Daniel miraba a su alrededor, intentado descubrir dónde podía haberse escondido Vidocq, pero no encontraba nada. Pilar había buscado en todos los sitios posibles. ¿Dónde estaba?, ¿se había desvanecido? No podía haberse escapado por la ventana, porque no tenía donde sujetarse, se habría caído.

—Bueno, y ahora que ya la han visto, será mejor que salgan. Ya hemos tenido suficiente revuelo en el hospital.

Todos miraron hacia Eva y accedieron a su petición.

—Yo quisiera quedarme con ella, por lo menos esta noche —dijo Daniel, mirando a sus abuelos.

—Tú solo no, Daniel. Nosotros también nos quedamos —dijo su abuela.

—No hace falta. Además, aquí no hay sitio para los tres, sólo hay un sofá cama.

—Daniel tiene razón —intervino Eva—. No tienen de qué preocuparse. Esta noche, este hospital es el lugar más seguro de la ciudad. Hay policías en la puerta y en la planta. No le pasará nada.

Juana no estaba convencida, pero su marido la abrazó.

—Venga, cariño. Daniel quiere quedarse con su madre, es normal, después de todo lo que ha pasado. Eva tiene razón, no podría estar en lugar más seguro.

—¿Y quién protegerá a mis abuelos? —preguntó Daniel, al caer en que sus abuelos también podían correr peligro.

—Tranquilo, una patrulla de policía les acompañará a su casa y estará con ellos toda la noche.

Daniel asintió conforme y se despidió de todos. Eva les acompañó a la salida, mientras Daniel se quedaba con su madre. Cuando se fueron, Daniel miró a su alrededor y gritó.

—Vidocq, ya puedes salir.

Esperaba que en cualquier momento saliese de su escondite, pero no fue así. Intrigado, revolvió toda la habitación, pero no encontró nada. Convencido ya de que de alguna manera había conseguido escapar, se sentó en el sofá y comenzó a repasar todo lo que había acontecido esa noche. Estaba muy cansado, como si le hubiesen dado una paliza. Se quedó dormido y se despertó sobresaltado al escuchar la puerta.

—Perdona, Daniel, no sabía que estabas durmiendo.

—No te preocupes, Eva; puedes pasar.

—Solo quería asegurarme de que estabas bien. Yo me voy a casa. Estáis en buenas manos.

Esta última frase encendió una luz en la mente de Daniel.

—¡Qué curioso! Es lo mismo que me dijiste sobre mi madre cuando me comentaste que estaba en esta habitación…

—¿Qué? —preguntó Eva, sorprendida.

—Que estaba en buenas manos.

—No te entiendo.

—Sí, me dijiste que mi madre estaba en buenas manos, pero sin embargo no había nadie en la habitación, ¿verdad?

Eva estaba incómoda.

—Es una forma de hablar, no tienes que sacar las cosas de…

—A no ser… —siguió hablando Daniel, sin dejarla acabar— que supieras que había alguien dentro de la habitación. Alguien con quien mi madre estaba segura.

—¿Qué estás diciendo? Mira, me voy a marchar, creo que estás muy cansado y necesitas descansar —dijo Eva nerviosa.

—¿Cómo ha conseguido salir de la habitación?

—¿Quién?

—Vidocq.

—¿Vidocq?

—No disimules, Eva, lo sé todo.

—Mira, Daniel, estás delirando. No sé si será por la impresión de lo que ha pasado, pero me estás empezando a preocupar.

—Vidocq te conoce.

—¿Qué dices? ¡Déjalo ya!

Daniel estaba empezando a atar cabos.

—Cuando le expliqué que la policía no me había hecho caso, le dije: «Menos mal que Eva me creyó. Salvó la vida de mi madre». Él me contestó: «Sí, es una enfermera eficiente, ¿verdad?». Entonces me sonó raro, pero ahora estoy seguro de por qué lo dijo. Te conoce.

Eva se quedó muda.

—No fue casualidad que llegases a este hospital justo después de que mi madre ingresara, ¿a qué no?

—No —contestó Eva de forma tímida, sabiendo que era inútil negar lo evidente.

—¿Quién eres, Eva?

—Soy una enfermera, ¿qué voy a ser si no?

—¿Y qué hacías aquí?

—Proteger a tu madre.

—¿Eres miembro del Club del Crimen?

—No.

—Pero conoces su existencia.

—Sí.

—Venga, Eva, pónmelo más fácil —suplicó Daniel.

—Trabajo directamente para Vidocq.

Daniel estaba impresionado. No habían terminado las revelaciones sorprendentes.

—Vidocq sospechaba que tu madre podía estar en peligro y me encargó que la protegiese. Movió los hilos para que me trasladasen a este hospital.

—Entonces, ¿eres enfermera de verdad?

—Sí, ya te lo he dicho. Pero colaboro con Vidocq en algunas investigaciones. Es algo normal dentro del club.

—¿Cómo le conociste?

—Eso no te lo puedo decir, es secreto.

—¿Sabes que van a renovar el club?

—Sí, Vidocq ya lo tenía previsto desde que empezó a sospechar de Hastings.

Daniel dudaba de si debía decirle algo sobre lo que había hablado con Vidocq. A lo mejor Eva le podía ayudar. Pero ella se le adelantó.

—¿Qué te dijo sobre tu propuesta?

—¿Qué propuesta?

—Pues la de ser miembro del club, ¿cuál va a ser?

—¿Cómo lo sabes?

Eva había conseguido sorprenderle nuevamente.

—Vidocq me lo contó.

—Pero si acabamos de hablar…

—Me lo dijo antes.

—¡Es imposible!

—Él te conoce más de lo que puedes imaginar. Estaba seguro de que cuando te contase lo del relevo del club, ibas a proponerle ocupar el sillón de tu padre.

—¿Cómo puede ser?

—Porque eres igual que él.

—¿Igual que Vidocq?

—No, igual que tu padre.

—¿Le conociste? —preguntó con emoción.

—No, yo no conozco a nadie del club. Solo trabajo para Vidocq. Aunque últimamente me ha puesto al día de todo lo relativo al club. Él me habló de tu padre.

Daniel repasó toda la conversación con Vidocq. Él pensaba que había sido más listo que él y ahora resultaba que ya lo tenía todo planeado.

—¿Eso quiere decir que aceptará la propuesta?

—No. Es una decisión que someterá a la mayoría del club.

—Vaya —dijo Daniel decepcionado.

—Aunque estoy segura de que presionará a tu favor.

Daniel sonrió.

—Gracias por todo, Eva. Has sido como un ángel para mi madre… y para mí.

—Soy yo la que tiene que estar agradecida. Estos meses he aprendido mucho de toda tu familia. Habéis sido un ejemplo para mí.

Daniel se quedó cortado, no sabía qué contestar.

—Y ahora tengo que irme, Daniel. En el momento en el que atrapen a Hastings, mi labor aquí habrá terminado.

Daniel estaba dándole vueltas a una idea.

—Entiendo que Vidocq renueve el club, pero ¿qué pasa con él? Hastings hablaba con él, le veía, era su secretario, ¿no? Conocía su identidad.

—El hecho de que hablase con él no quiere decir que le viese.

—No puede ser...

—Claro que sí. Tú has hablado con él hoy, ¿verdad?

—Sí.

—¿Y le has visto la cara?

Daniel abrió los ojos, sorprendido.

—Nadie conoce su rostro, Daniel. Su verdadera identidad es un secreto.

—Vaya, todo en él es un misterio, ¿no?

—Tú mismo lo has podido comprobar.

—¿Cómo consiguió salir de la habitación?

Eva sonrió.

—Sólo puedo decirte que esta habitación está reservada para necesidades del club y, por tanto, tiene sus secretos...

Daniel miró a su alrededor, asombrado.

—El club es muy poderoso, ¿verdad?

—Mucho más de lo que puedas imaginar.

La mente de Daniel trabajaba a toda velocidad.

—¿Sabes cuándo obtendré alguna respuesta?

—Pronto, Daniel, muy pronto.

—Pero si tú te vas, ¿cómo me enteraré de la respuesta?, ¿veré nuevamente a Vidocq?

—No, no creo que vuelvas a ver a Vidocq. Casi nunca se deja ver, contigo ha hecho una excepción. Eso es una muestra de todo lo que te aprecia.

—¿Entonces?, ¿cómo lo sabré?

La cara de Eva dibujó una amplia sonrisa.

—Te lo notificará el nuevo Hastings.

—¡Claro! —exclamó Daniel, que se había olvidado de que el club también tendría que renovar el puesto de secretario—. Pues nada, tendré que esperar para ver quién es el nuevo secretario. ¿Cómo podré identificarlo? ¿Y si alguien vuelve a engañarme?

—No te preocupes, Daniel. Confía en Vidocq. El nuevo Hastings se pondrá en contacto contigo y te dará la respuesta a tu proposición.

La respuesta

Hastings llevaba una semana escondido en un zulo, en la sierra de Madrid. Durante los años que llevaba infiltrado en el club, lo había estado construyendo por si alguna vez se encontraba en una situación de emergencia como la que estaba viviendo en ese momento. Se lo encargó a una empresa con la que contactó a través de Internet. Posteriormente, una vez que terminaron el trabajo, se encargo de asesinar a las dos personas que participaron en su construcción. De esta forma se aseguraba de que nadie sobre el planeta conociese su existencia.

Había esperado una semana, sabedor de que Vidocq estaría removiendo cielo y tierra por encontrarle. Sabía que tenía contactos en todos los departamentos de seguridad, por lo que estaría usando todos los medios posibles. Por eso no había realizado ningún tipo de comunicación con nadie de la Hermandad. Tendrían vigiladas todas las comunicaciones por satélite y por Internet. Si se le hubiese ocurrido utilizar el móvil o el correo electrónico, le habrían localizado inmediatamente. Para evitarlo, se había mantenido aislado del exterior, esperando bajo tierra a que todo se tranquilizara.

Una semana después del asesinato había llegado el momento de salir. Estaba cerca de Buitrago de Lozoya, por lo que se acercaría al pueblo y robaría un coche. Seguidamente, cogería la carretera con dirección a Burgos, para después continuar con el plan que había trazado para huir del país, eludiendo los controles que, con seguridad, se encontraría por el camino. Salió del zulo a las cuatro de la mañana. A esa hora no habría nadie en las calles del pueblo y podría robar el coche con toda tranquilidad.

El zulo estaba en medio del campo, en un lugar maravilloso, pero no era el momento de detenerse a disfrutar del entorno. Aunque era primavera, las noches todavía eran algo frías y Hastings necesitó un abrigo para resguardarse del frío. Había ido guardando en el escondite: alimentos, ropa y todo lo que necesitaba en su huida. El pueblo estaba a menos de un kilómetro, distancia que recorrió apresuradamente en cinco minutos. Llegó a la calle principal y necesitó detenerse para coger algo de aire. Miró a su alrededor, buscando el vehículo más adecuado. Sus ojos se posaron sobre la presa elegida. El coche no tenía alarma; romper el cristal de la ventanilla sería la solución más sencilla para robarlo. Sacó del bolsillo una barra de hierro. La había levantado sobre su cabeza cuando escuchó un ruido a su espalda. Se giró y observó cómo varios coches de policía entraban en el pueblo.

Se dio cuenta de que no tendría tiempo suficiente para robar el coche, por lo que salió corriendo en dirección al interior del pueblo. Corría dejándose el alma mientras sentía cómo los coches se le acercaban cada vez más. Se dirigió hacia la parte donde sabía que estaba el río que pasaba junto a las casas. Llegó a la zona amurallada de la ciudad y pasó por debajo de un arco. Continuó por una calle empedrada, dejando el río a su derecha. La policía aún podía seguirle con los coches, pero llegó a la zona de la muralla que sólo se podía recorrer a pie. Subió las escaleras hasta la parte más alta de la muralla. A su derecha aparecía el río y a su izquierda el pueblo, pero Hastings siguió corriendo sin mirar atrás. Estaba muy oscuro, tenía que ir con cuidado para no tropezar y caerse. Si finalmente no conseguía zafarse de ellos, saltaría al río para esquivarles.

Escuchó gritos detrás de él, los policías habían dejado los coches y le seguían a pie, aunque Hastings les llevaba una gran ventaja. Cuando llegó a la mitad del trayecto, se encontró con varios policías que le cerraban el paso. Se le habían adelantado. Miró hacia atrás y hacia delante, pero no tenía otra solución que saltar. ¿Cómo habían podido dar con él? Sacó la pistola y se situó de espaldas a la muralla apuntando hacia los dos lados de forma alterna.

—¡Baje la pistola!

Hastings se fijó en el hombre que había hablado, no parecía ser un policía, debía ser un agente del CNI.

—¡No se acerquen o disparo!

—¡Repito!, ¡baje la pistola!

—¿Cómo me han encontrado?

—Creo que alguien le dejó un regalo debajo de su piel…

Hastings maldijo en voz alta. ¡Un chip! Vidocq le había colocado un chip de seguimiento. Por eso habían podido dar con su paradero. Durante el tiempo que estuvo en el zulo no le pudieron encontrar porque tenía inhibidores de señal, pero sólo tuvieron que esperar a que saliera. ¡Había sido un pardillo!

Otro hombre, esta vez un policía, avanzó hacia él apuntándole con la pistola.

—¡Jean Guidé, queda arrestado por intento de asesinato!

Hastings iba a saltar, pero se detuvo. Las palabras que acababa de decirle el policía retumbaban en su cabeza.

—¿Intento de asesinato? ¡Ya que van a detenerme digan bien cuál es mi delito! No por intento, es por un asesinato, ¿verdad?

—¡No la mató, Jean! —gritó de nuevo el agente del CNI.

—¿Cómo? —preguntó Hastings, aterrado.

—Ana está viva. Su hijo alertó al hospital y consiguieron ponerla a salvo.

Hastings no se lo podía creer. ¡Ese mocoso se la había jugado! ¡A él!, que era la primera persona en la historia que había conseguido infiltrarse en el Club del Crimen. Había sido derrotado por un adolescente. El policía seguía acercándose, pero Hastings no bajaba la pistola.

—¡No se acerque o disparo!

La revelación sobre Ana lo cambiaba todo. La Hermandad no perdonaba ningún fallo. Se enterarían de que había fracasado y le eliminarían.

Si conseguía huir, algo improbable, la Hermandad le encontraría y le mataría. Si le arrestaban, pasaría lo mismo, no importaba en qué cárcel le encerrasen. La Hermandad tenía contactos hasta en el infierno. No encontraría en ellos comprensión ni misericordia, sólo la muerte. Todo había terminado.

Hastings se giró, se situó delante del policía y fue corriendo hacia él, apuntándole con la pistola. Antes de que pudiese apretar el gatillo, recibió varios disparos en la espalda de los policías que estaban detrás. Se detuvo, tambaleándose. Miró hacia atrás, para ver si podía distinguir la cara del que le había disparado. Se apoyó en la muralla, bajó la pistola, y antes de que la policía llegase a su altura, saltó al vacío. Mientras caía, antes de morir, sólo le vino a su mente una imagen; la de un joven que había conseguido derrotarle.

Daniel estaba junto a su madre. Había llegado para darle el relevo a su abuelo Emilio. Desde el día del intento de asesinato, a pesar de saber que estaba segura, toda la familia había estado turnándose para cuidar de ella. Aunque había pasado una semana, Daniel todavía se estremecía al recordar lo que sintió cuando llegó a la habitación aquel día.

Su abuelo cogió el abrigo para marcharse. Daniel le miraba con cariño. Le vino a la mente lo que sucedió al día siguiente de la frenética noche. Emilio llegó al hospital, desencajado. Unas horas después, le dijo que había llegado el momento de que le contase todo. Daniel se sintió desconcertado, no sabía qué hacer, pero Eva llegó en su ayuda. Le pidió que le dejase a ella hablar con él. Se retiraron a la cafetería, mientras Daniel esperaba impaciente en la habitación. Cuando regresaron, les miró expectantes para ver qué le contaban, pero no le dijeron nada. No supo qué hablaron, no quisieron contárselo, pero desde aquel día su abuelo ya no le había vuelto a preguntar. En cuanto a la versión oficial sobre lo sucedido, la policía informó que un cliente de la clínica había intentado vengarse. Daniel entendió que Vidocq había movido sus hilos para ocultar la verdad sobre lo que verdaderamente ocurrió.

Daniel se mordía la lengua. Deseaba contar la verdad por lo menos a sus amigos, pero sabía que no podía. Era parte del sacrificio que tenía que hacer si quería ser parte del club.

En esos siete días tampoco había tenido noticias sobre Vidocq. Cada vez que Eva aparecía, la miraba impaciente, y le preguntaba, pero ella repetía la misma frase: «Será el nuevo Hastings quien te dé la noticia». No sabía cuándo ni cómo, pero lo haría el nuevo Hastings.

Emilio se despidió de su nieto y Daniel se quedó mirando por la ventana. Vino a su mente todo lo que le había pasado esos días, recordando con cariño cómo se había preocupado por él muchísima gente, llamando, visitándole. Especialmente sus amigos, Jonatán, Sara y Laura. Se había dado cuenta de lo importantes que eran para él sus amigos. Eran un tesoro.

Cinco minutos después de la marcha de su abuelo, entró Eva en la habitación de forma precipitada. Tenía la cara desencajada y casi no podía hablar.

—¡Le han cogido, Daniel! ¡Se acabó!

Daniel se giró bruscamente y se tropezó con una silla.

—¿Cómo?, ¿ya lo tienen?

—¡Le han encontrado en un pueblo de la sierra de Madrid!

—¿Dónde está ahora?

—Está muerto.

Daniel se quedó en silencio, sin saber muy bien qué pensar. Se sintió aliviado y, además, alegre por la muerte de Hastings. No sabía si hacía bien. En realidad él no buscaba venganza, sino justicia. Aun así, ese hombre era un asesino.

—No te sientas mal, Daniel. Sé lo que estás pensando.

—Es que no sé muy bien qué siento. Por una parte, me alegro; por otra…

—Tranquilo. Ya está. Todo pasó. Ese hombre no volverá a hacer daño a nadie. Además, la policía iba a detenerle, pero él se opuso y tuvieron que disparar. ¡Él se lo buscó!

—¿Sabe si llegó a contactar con la Hermandad?

—No, la policía ha descubierto en zulo en el que permaneció incomunicado durante toda la semana.

Daniel miró a su madre y se acercó a la cama. La besó y le dijo unas palabras al oído. Luego volvió a dirigirse a Eva:

—Bueno, pues ahora sí que se acabó. Tú te marcharás, ¿no?

Daniel tenía lágrimas en los ojos. Eva también estaba emocionada.

—Sí, me iré, Daniel. Mi misión aquí ha terminado. No me quedaré al traslado, tengo que irme ya. Vidocq cree que es lo mejor.

Los dos se acercaron y se abrazaron llorando.

—Quiero darte las gracias por todo. Nunca te olvidaré —dijo Daniel entre lágrimas—. No sé si podré seguir adelante sin tu ayuda.

—¡Claro que sí! —exclamó Eva intentado controlarse—. Tienes una familia especial, unos amigos increíbles y tienes fe, mucha fe, ¿verdad?

Eva señalaba la Biblia que estaba en la mesilla. Daniel la miró e hizo un gesto, asintiendo.

—Tienes todo lo que necesitas para salir adelante. Eres muy especial, Daniel. Sigue así y no cambies nunca.

Eva volvió a abrazarle.

—Supongo que esto es un «hasta siempre», ¿no? —preguntó Daniel, separándose de ella.

Eva le miró todavía con lágrimas, pero esbozando una sonrisa.

—Todavía no he terminado de contarte todo. El nuevo club se reunió ayer.

Daniel sentía que el corazón se le iba a salir del pecho.

—¿Y qué…?

—El sillón de Poirot tendrá un nuevo ocupante…

Las palabras de Eva fueron un jarro de agua fría para Daniel.

—¡… dentro de tres años!

Daniel dio un salto de alegría. Eva sacó un objeto de su bolsillo y se lo entregó. Daniel lo cogió y lo miró con curiosidad. Era un anillo dorado con una inscripción donde ponía «HP». La letra *P* tenía la forma de un bastón.

—¿Esto qué es?

—El anillo de Poirot.

La cara de Daniel brillaba.

—Era el de tu padre. Todos los miembros tienen uno.

Daniel lo miraba, sujetándolo con mucho cuidado.

—Pero, si era el de mi padre, ¿cómo…

—Vidocq se encargó de cogerlo después del accidente. Ya sabes que tiene muchos contactos. También cogió el de tu madre.

—Pero nunca se los vi puestos.

—No, los escondían en un lugar secreto. Sólo ellos, Hastings y Vidocq, sabían el lugar. Tú tendrás que buscar un escondite.

—¿Y ahora qué más tengo que hacer?

—Seguirás recibiendo instrucciones de Hastings. De momento, debes cuidar de tu madre. Es lo más importante que tienes que hacer en este momento. Después comenzará tu período de prueba. Y, te lo advierto, no será fácil, pero ¡tú lo elegiste!

Daniel se quedó en silencio, parecía preocupado.

—Se me olvidó comentarle una cosa a Vidocq.

—¿Qué?

—Que yo no trabajo solo, lo hago en equipo. Ya sabes, Jonatán, Laura y Sara.

—Sí que lo sabe. No habrá ningún problema. Tus amigos te podrán ayudar, pero tendrás que guardar el secreto sobre el club.

Daniel asintió. Eva se dio la vuelta para marcharse, pero Daniel la interrumpió.

—¿Por qué me has contado tú todo esto? Me dijiste que sería el nuevo Has…

Se detuvo sin poder disimular su sorpresa. Eva sonrió, le guiñó un ojo, se dio la vuelta y se marchó, dejando a Daniel sin poder reaccionar.

Epílogo

Jonatán y Daniel estaban a solas en la habitación de Ana. Daniel pensó que era la primera vez que los dos podían estar solos, ya que no dejaban de pasar personas para interesarse por su madre. Él estaba muy agradecido, pero también algo cansado. Recordaba con cariño las visitas de Sara y sus padres y también de Laura y Gema. Habían sido muy importantes para él durante toda la investigación. Sin su ayuda no habría podido desenmascarar a Hastings y salvar la vida de su madre.

Daniel observaba a su amigo, que estaba jugando con el Rubik. No pudo evitar sonreír al verle concentrado en el juego. Pensó que no iba a cambiar nunca, aunque, en realidad, tampoco quería que cambiara. Jonatán terminó de completar el cubo y miró el reloj con gesto de decepción.

—¡Vaya! Esta vez no he podido batir el record.

—Tranquilo, hombre, no siempre vas a tener suerte.

—¿Suerte? —preguntó Jonatán ofendido—. Perdona, esto es habilidad, no suerte.

Daniel sonrió.

—¿Sabes, Jonatán? No he podido decírtelo antes, con todo el jaleo que hemos tenido, pero quiero darte las gracias por tu ayuda.

—No hace falta, ya sabes que puedes contar conmigo para lo que quieras.

—Bueno, pero quería agradecértelo. Juntos detuvimos los planes de Hastings.

Jonatán dejó el cubo y miró a su amigo con curiosidad.

—¿Sabes? Hay muchas cosas que no entiendo.

Daniel se quedó sorprendido.

—¿Ah, sí? Pues no sé…

—Por ejemplo, Hastings fue el que entró en tu casa y en la consulta para registrarlo todo, ¿verdad?

—Sí.

—Y buscaba la fotografía que había escondido tu padre…

—¡Vas muy bien!

—…porque esa fotografía demostraba que él formaba parte de esa sociedad secreta, ¿cómo me dijo Sara que se llamaba? La Sociedad de la Sombra, ¿no?

—No, la Hermandad de la Sombra.

—¡Eso!

—¿Y qué es lo que no entiendes?

—Hastings también intentó matar a tu madre, ¿no?

—Sí —contestó Daniel.

—Y después la policía le disparó al resistirse cuando iban a detenerle.

—¿Qué es lo que no comprendes?, ¡ve al grano!

—Pues no entiendo que la policía diga que quien mató a tu padre e intentó matar a tu madre era un paciente que quería ocultar información comprometida. ¡Si Hastings no era paciente de tus padres!, ¿no? ¿Y por qué no han mencionado nada de la Hermandad de la Sombra?

Daniel estaba incómodo, no sabía muy bien qué contestar.

—Supongo que la policía se guarda información, no dice todo lo que sabe. A lo mejor quieren seguir investigando más y no quieren dar pistas.

—No sé, no me convence. Lo hablé el otro día con Sara y ella dice que tampoco está muy convencida. Me dijo que encontró un reportaje que hablaba también sobre algo así como el Club del Crimen, ¡y la policía tampoco ha mencionado nada sobre eso!

El corazón de Daniel dio un vuelco. Tenía que disimular, no podía contarle nada a su amigo, pero tampoco quería mentirle.

—Si es lo que ha dicho la policía, tenemos que confiar en que es lo mejor.

—¿Seguro? No sé, te veo muy confiado. Espero que tu madre no corra peligro todavía.

—¿Tú crees que si corriera peligro estaría tan tranquilo? Confía en mí. Está todo controlado. Además, recuerda que en el hospital hay varios agentes camuflados. Mi madre está segura.

Jonatán le miraba con desconfianza.

—¿No me estarás ocultando algo?

Daniel miró el reloj.

—¿Qué dices? Venga, vámonos, que es la hora de comer.

Jonatán no insistió, para alivio de Daniel. Escuchar que era la hora de comer había sido argumento suficiente para que no continuara con las preguntas, pero Daniel se quedó preocupado. En ese momento se dio cuenta de que trabajar para el club sin que sus amigos lo descubrieran iba a ser más difícil de lo que había imaginado.

Pocos minutos después se abría la puerta de la habitación y entraba Eva, después de asegurarse de que la habitación estaba vacía. Se dirigió hacia la cama, mirando en todo momento a Ana. Cuando llegó a su altura, se quedó un rato en silencio, agarrando el respaldo de la silla que había junto a la cama.

—Quería despedirme de ti con más tranquilidad.

Se sentó en la silla.

—Si Daniel tiene razón y puedes escuchar, ya sabrás todo lo que ha pasado durante estos meses. También me conocerás a mí, supongo, y no hará falta que te explique nada.

Eva tosió intentado controlar su emoción.

—Tienes una familia muy especial; y un hijo que es un tesoro.

No pudo contener las lágrimas.

—Estos meses he aprendido muchas lecciones. Vine sólo para protegerte, para ofreceros mi ayuda, pero he sido yo la que he recibido mucho de todos vosotros. ¡Gracias! Espero que puedas despertar pronto. Tu hijo te necesita, ahora más que nunca.

Se levantó y, después de darle un beso a Ana, se dirigió hacia la puerta, llorando. Al ir a abrirla escuchó un ruido a su espalda. Antes de darse la vuelta, escuchó cómo la cama crujía. Con el corazón latiéndole de forma acelerada comenzó a darse la vuelta justo en el momento en el que escuchó una voz femenina que emitía una especie de gruñido, como si intentara hablar. Antes de darse la vuelta completamente, pudo escuchar lo que decía, aunque el tono era muy débil.

—Gracias a ti, Eva.